LA PC

CW00507122

DU MÊME AUTEUR

Romans

Cris, Actes Sud, 2001 ; Babel n° 613 ; "Les Inépuisables", 2014.
La Mort du roi Tsongor, Actes Sud, 2002 (prix Goncourt des lycéens, prix des Libraires) ; Babel n° 667.
Le Soleil des Scorta, Actes Sud, 2004 (prix Goncourt) ; Babel n° 734.
Eldorado, Actes Sud, 2006 ; Babel n° 842.
La Porte des Enfers, Actes Sud, 2008.
Ouragan, Actes Sud, 2010 ; Babel n° 1124.
Pour seul cortège, Actes Sud, 2012 ; Babel n° 1260.
Danser les ombres, Actes Sud, 2015 ; Babel n° 1401.
Écoutez nos défaites, Actes Sud, 2016.

Théâtre

Combats de possédés, Actes Sud-Papiers, 1999.
Onysos le furieux, Actes Sud-Papiers, 2000 ; Babel n° 1287.
Pluie de cendres, Actes Sud-Papiers, 2001.
Cendres sur les mains, Actes Sud-Papiers, 2002.
Le Tigre bleu de l'Euphrate, Actes Sud-Papiers, 2002 ; Babel n° 1287.
Salina, Actes Sud-Papiers, 2003.
Médée Kali, Actes Sud-Papiers, 2003.
Les Sacrifiées, Actes Sud-Papiers, 2004.
Sofia Douleur, Actes Sud-Papiers, 2008.
Sodome, ma douce, Actes Sud-Papiers, 2009.
Mille orphelins suivi de *Les Enfants Fleuve*, Actes Sud-Papiers, 2011.
Caillasses, Actes Sud-Papiers, 2012.
Daral Shaga suivi de *Maudits les Innocents*, Actes Sud-Papiers, 2014.
Danse, Morob, Actes Sud-Papiers, 2016.

Récits

Dans la nuit Mozambique, Actes Sud, 2007 ; Babel n° 902.
Les Oliviers du Négus, Actes Sud, 2011 ; Babel n° 1154.

Poésie

De sang et de lumière, Actes Sud, 2017.

© ACTES SUD, 2008
ISBN 978-2-330-02652-3

LAURENT GAUDÉ

LA PORTE DES ENFERS

roman

BABEL

Pour Anna,

Que ton rire s'entende jusque là-bas
Et réchauffe ceux qui nous manquent.

I

LES MORTS SE LÈVENT

(août 2002)

Je me suis longtemps appelé Filippo Scalfaro. Aujourd'hui, je reprends mon nom et le dis en entier : Filippo Scalfaro De Nittis. Depuis ce matin, au lever du jour, je suis plus vieux que mon père. Je me tiens debout dans la cuisine, face à la fenêtre. J'attends que le café finisse de passer. Le ventre me fait mal. C'était à prévoir. La journée sera dure aujourd'hui. Je me suis préparé un café au goût amer qui me tiendra de longues heures. Je vais avoir besoin de cela. A l'instant où le café commence à siffler, un avion décolle de l'aéroport de Capodichino et fait trembler l'air. Je le vois s'élever au-dessus des immeubles. Un grand ventre plat de métal. Je me demande si l'avion va s'effondrer sur les milliers d'habitants qu'il survole, mais non, il s'extrait de sa propre lourdeur. Je coupe le feu de la gazinière. Je me passe de l'eau sur le visage. Mon père. Je pense à lui. Ce jour est le sien. Mon père – dont je parviens à peine à me rappeler le visage. Sa voix s'est effacée. Il me semble parfois me souvenir de quelques expressions – mais sont-ce vraiment les siennes ou les ai-je reconstruites, après toutes ces années, pour meubler le vide de son absence ? Au fond, je ne le connais qu'en me contemplant dans la glace. Il doit bien y avoir quelque chose de lui, là, dans la forme de mes yeux ou le dessin

9

de mes pommettes. A partir d'aujourd'hui, je vais voir le visage qu'il aurait eu s'il lui avait été donné de vieillir. Je porte mon père en moi. Ce matin, aux aurores, je l'ai senti monter sur mes épaules comme un enfant. Il compte sur moi dorénavant. Tout va avoir lieu aujourd'hui. J'y travaille depuis si longtemps.

Je bois doucement le café qui fume encore. Je n'ai pas peur. Je reviens des Enfers. Qu'y a-t-il à craindre de plus que cela ? La seule chose qui puisse venir à bout de moi, ce sont mes propres cauchemars. La nuit, tout se peuple à nouveau de cris de goules et de bruissements d'agonie. Je sens l'odeur nauséeuse du soufre. La forêt des âmes m'encercle. La nuit, je redeviens un enfant et je supplie le monde de ne pas m'avaler. La nuit, je tremble de tout mon corps et j'en appelle à mon père. Je crie, je renifle, je pleure. Les autres appellent cela cauchemar, mais je sais, moi, qu'il n'en est rien. Je n'aurais rien à craindre de rêves ou de visions. Je sais que tout cela est vrai. Je viens de là. Il n'y a pas de peur autre que celle-là en moi. Tant que je ne dors pas, je ne redoute rien.

Le bruit des réacteurs a cessé de faire trembler les parois de l'immeuble. Il ne reste dans le ciel qu'un long filet de coton. J'avais décidé de me raser ce matin, peau neuve, mais je ne le ferai pas. Je ne me raserai pas. Et pourtant si, il le faut. Je veux avoir l'air le plus juvénile possible pour ce soir. S'il y a une chance pour qu'il me reconnaisse, je veux la lui offrir. L'eau qui coule dans le lavabo est sale. Légèrement jaune. Le temps de ma splendeur commence aujourd'hui. J'emporterai mon père avec moi. J'ai préparé ma vengeance. Je suis prêt. Que le sang coule ce soir.

C'est bien. J'enfile une chemise pour cacher à mes propres yeux la maigreur de mon corps. Naples s'éveille lentement. Il n'y a que les esclaves qui se lèvent aussi tôt. Je connais bien cette heure. C'est celle où les ombres qui traînent autour de la gare centrale cherchent déjà un endroit où cacher leurs cartons.

Je vais rejoindre le centre-ville. Je ne laisserai rien voir sur mon visage. J'entrerai par la porte de service du restaurant comme tous les matins depuis deux ans. Chez Bersagliera. La via Partenope sera vide. Aucun taxi, aucune vespa. Les barques clapoteront sur le port de Santa Lucia. Les grands hôtels du front de mer sembleront silencieux comme de majestueux pachydermes endormis. Je ferai ma journée sans rien laisser transparaître jusqu'au soir. Le café que je me suis fait m'aidera à tenir. Je sais faire le café comme personne. C'est pour ça que j'ai le droit, à dix-neuf heures, de passer en salle. Je laisse la plonge et les cuisines avec leurs bacs remplis d'eau sale et reste devant la machine à café. Je ne fais que cela. Je ne prends aucune commande, n'apporte aucun plat. La plupart des clients ne me voient même pas. Je fais les cafés. Mais je suis devenu célèbre à Naples. Il en est certains, maintenant, qui ne viennent que pour moi. Je serai en salle, ce soir, et je sourirai en attendant l'instant de me venger.

Je ferme la porte de mon appartement. Je n'y reviendrai plus. Je n'emporte rien avec moi. Je n'ai besoin que des clefs de la voiture. Je me sens fort. Je suis revenu d'entre les morts. J'ai des souvenirs d'Enfers et des peurs de fin du monde. Aujourd'hui, je vais renaître. Le temps de ma splendeur a commencé. Je ferme la porte. Il fait beau. Les avions vont continuer à faire trembler les parois des immeubles du quartier de Secondigliano. Ils décollent tous vers la mer en rasant les immeubles. Je vais prendre ma place chez Bersagliera, en attendant le soir. J'espère qu'il sera là. Je ne suis pas inquiet. Je n'ai plus mal au ventre. Je marche vite. Mon père m'accompagne dorénavant. C'est le jour où j'ai repris son nom et je le redis en entier : Filippo Scalfaro De Nittis.

Rester impassible. Etre parfaitement lisse et quelconque. Rien sur mon visage ou dans mes gestes ne doit me trahir. Ni excitation anormale, ni sueurs inquiètes. Je le regarde à la dérobée, souvent, mais je ne peux pas le fixer comme j'aimerais. J'étais sûr qu'il allait venir ce soir. Il est réglé comme une horloge. Tous les jeudis soir, il vient ici. Parfois, une fille l'accompagne, elle passe la soirée à rire comme une bécasse ou à se taire en faisant des moues d'actrice. Parfois, il mange seul et s'empresse, une fois l'addition réglée, de rejoindre l'hôtel où des filles l'attendent. Ce soir il est seul. Je l'ai vu entrer, avec toujours cette même démarche qui dit qu'il est partout chez lui et qu'il ne doute pas un instant de la diligence et de l'application avec lesquelles on va le servir. Il se laisse enlever son manteau. Il attend qu'on lui présente sa chaise pour s'asseoir. Il aime ça, ces moments où il peut sentir le regard curieux des clients des tables à côté qui se demandent qui est cet homme qu'on traite si bien alors que rien dans sa mine, son habit ou ses manières ne laisse deviner une personne d'importance. Il aime être servi.

Ma patience a été récompensée. Je suis resté longtemps en cuisine en espérant que le patron finisse par m'appeler pour faire les cafés. Ces instants-là ont été longs. L'impression de frotter toujours la même assiette, de sortir toujours la même vaisselle de la même machine. Mais, lorsque les premiers clients en ont été au dessert, j'ai entendu la voix sèche du patron qui m'appelait en salle. Je me suis essuyé les mains dans un chiffon en pensant très fort que c'était dorénavant à moi de me saisir de cette soirée et d'en faire ce que je voulais. J'ai ôté mon tablier blanc et j'ai pris place devant la machine à café. Les deux Américaines de la table 8 ont commandé des cappuccinos pour accompagner leur plat de pâtes. Le serveur vient de me le dire avec une moue de dégoût devant un tel sacrilège. J'exécute la commande le plus lentement possible, pour avoir tout loisir de l'observer. Le bruit de toutes les conversations mêlées monte et résonne dans la grande salle à verrière. Le capharnaüm des repas m'emplit l'esprit. Les garçons de salle vont et viennent avec diligence en faisant glisser leurs talons sur le carrelage. Ils passent devant moi sans me regarder, la mine pressée, me lançant parfois une injonction, les dents serrées. Un café pour la 7. Je regarde mes mains pour voir si elles tremblent, mais non, mon corps est calme. Je suis sûrement plus pâle qu'à l'ordinaire, mais qui s'en soucie ? Les douleurs au ventre sont revenues, simplement cela, comme des élancements lointains, souvenir d'un coup que l'on m'a porté il y a longtemps et dont je ne me suis jamais relevé. Le patron vient à moi. Doucement. Il me dit que la 18 veut me voir. Je lève la tête. C'est l'*ingegnere* qui est à la 18. Je sais ce que j'ai à faire. L'*ingegnere* est un vieil habitué. Il vient de finir son repas et veut faire appel à mes talents. Je m'approche de la table. Il me sourit. Il me dit qu'il a bien mangé et qu'il aimerait un petit café maintenant, mais un vrai, pas un de ces décaféinés javellisés, il dit qu'il doit pouvoir bien dormir cette nuit, mais que le goût du décaféiné, il ne peut pas s'y faire. Il me demande si je peux lui arranger cela. Je hoche la tête. Il me cligne de l'œil. Je peux tout faire. Il le sait. Je retourne à la machine. Je suis le roi du café. C'est pour cela que je travaille ici. Sinon, un pouilleux comme moi n'aurait jamais pu prétendre à pareil poste. Personne à Naples ne peut se targuer de faire les cafés mieux que moi. Je tiens cela de mon père. Pas le premier, l'autre : Garibaldo Scalfaro. Lui-même le tenait de son oncle. Je sais faire les cafés pour chaque désir, chaque humeur. Violent comme une gifle pour se réveiller le matin. Enrobé et serein pour faire passer un mal de crâne. Onctueux pour appeler à soi la volupté. Robuste et tenace pour ne plus dormir. Le café pour attendre. Le café pour se mettre hors de soi. Je dose comme un alchimiste. J'utilise des épices que le palais ne sent pas mais que le corps reconnaît. L'*ingegnere* de la 18 dormira bien cette nuit et il se réveillera demain sans avoir la tête lourde. Je souris. Depuis quelques semaines le patron veut mettre en avant mes talents. Il attend les nouvelles cartes qu'il a commandées sur lesquelles il a fait ajouter le "café magie Da Bersagliera". Demandez ce dont vous avez besoin, vos vœux seront exaucés… Il en a profité pour monter le prix, bien entendu. Je vais bientôt être l'attraction de l'établissement… Je souris. Rien de tout cela ne verra le jour. Je vais faire ce soir mon dernier café et il sera pour celui que j'épie depuis des heures : Toto Cullaccio. Et lorsque les nouvelles cartes du patron arriveront, rutilantes, je ne serai plus là, et il n'aura plus qu'à les jeter, en me maudissant.

Toto Cullaccio, que je ne quitte plus des yeux, finit son assiette de calamars frits. Il s'est taché en mangeant ses pâtes à l'amatriciana. Comme chaque fois. Sa main tremble un peu et la fourchette lui joue des tours. C'est une bénédiction qu'il ne soit pas mort avant ce soir. Toto Cullaccio. On pourrait croire à un employé des postes à la retraite. Ses cheveux sont tombés, ses doigts sont gonflés. Mais je sais, moi, ce dont il est capable. Je sais pourquoi il se sent partout chez lui et pourquoi à l'instant où il m'appelle de la main, avec un air agacé, il ne le fait pas comme un client à un serveur mais comme un maître à son chien.

Je pose mon chiffon derrière le comptoir. Je m'approche. Lorsque j'arrive près de lui, il me fait signe de me pencher pour qu'il puisse me parler à l'oreille, et me murmure avec une voix sale que la soirée n'est pas terminée, qu'il doit rejoindre deux jolies filles, le genre cher, mais qu'il n'a plus sa vigueur d'antan, surtout après le repas qu'il vient de faire. Il me murmure qu'il ne s'inquiète pas parce qu'il sait que je peux lui préparer un petit café pour faire bonne figure. Il n'attend pas que je lui réponde quoi que ce soit. Il sait que cela est possible. Je retourne à ma machine. Mon corps s'emballe. Je me mets à suer. Le sang bat dans mes tempes. Je ruisselle. Des crampes me tordent les tripes. Comme si je saignais à nouveau. Il va falloir tenir. Je suis un enfant accroupi à terre. J'entends la voix de mon père qui s'éloigne. Je dois me reprendre. Ne pas laisser les visions et les peurs m'envahir. C'est ce soir. Maintenant. Dans quelques secondes. Mon père a soif. Il m'appelle. Le café finit de couler dans la tasse. Je n'y ai rien ajouté. Cela n'a aucune importance. Il n'aura aucune vertu mais Toto Cullaccio ne le boira pas. Je dépose la soucoupe et la tasse sur le plateau. J'y pose également un couteau. Je marche vers Toto Cullaccio. Il fait chaud. Je manque de renverser une carafe d'eau en passant trop près d'une table. J'ai mal au ventre. Je suis tout près de lui maintenant. Avant qu'il ne me sente dans son dos, je prononce son nom à voix haute, je dis Toto Cullaccio et il sursaute. Les tables voisines se sont tues parce que j'ai dit ce nom avec force et que je me tiens immobile et pâle sans que l'on sache pourquoi. Il s'est retourné et me regarde maintenant avec un air courroucé. Je croise ses yeux. C'est lui. Je le retrouve. Alors je continue et je dis que je m'appelle Pippo De Nittis et cela devient étrange. Tout le restaurant a entendu. J'ai parlé fort. Les têtes se tournent vers moi. On interrompt les conversations. Il est sur le point de me demander ce que je veux, ce que je fais là à oser l'appeler par son nom et à lui donner le mien dont il se fout éperdument. Je ne lui laisse pas le temps. Je lâche le plateau, le café, le verre d'eau, tout se répand à mes pieds dans un fracas de vaisselle et je lui plante le couteau dans le ventre. Des hurlements montent de toutes parts. Tout se fige. La stupéfaction s'empare des corps et ouvre grandes les bouches. J'aime ce silence tout autour de moi. Je veux qu'ils me voient tous. Qu'ils puissent raconter plus tard ce qu'ils ont vu. J'ai bien veillé à ne pas enfoncer le couteau jusqu'à la garde. Je ne veux pas le tuer. Je veux qu'il ait mal et geigne et pleure, pas que toute sa tripe se répande sur la table. Je suis rapide maintenant. Je passe derrière Cullaccio et lui glisse le couteau sous la gorge. Tout s'accélère. Je n'ai plus mal au ventre. J'entends tout. Je vois tout. Les femmes n'en reviennent pas. Les hommes n'arrivent pas à se lever de leur chaise tant ils ont peur. Cullaccio se met à hurler de douleur. Sa chemise est déjà maculée de sang. Je le force, par simple pression de la lame sur sa chair, à se lever. Cela doit lui déchirer le ventre, mais il le fait. Je renverse une ou deux tables sur le passage. Nous atteignons la porte d'entrée. Personne ne songe à tenter de nous arrêter. Cullaccio gémit comme un chien. Je sais ce que c'est. J'ai crié, moi aussi, comme lui, il y a des années de cela, plié en deux sur mon ventre, sans pouvoir reprendre mon souffle. J'étais un enfant alors. Il a oublié tout cela. C'est bien. Il va avoir tout le temps pour s'en souvenir. Nous sortons du restaurant. L'air du port me fouette les sangs. Nous bousculons le silence des barques de Santa Lucia. La voiture attend. Le plus dur est de monter les escaliers pour atteindre la via Partenope. A chaque nouvel effort, je le sens gémir de douleur. Cullaccio est une baleine qui boite et pleure et me supplie je crois, mais je ne prête pas attention à ses prières. J'ai réussi mon coup de couteau à la perfection. Je lui ai laissé assez de force pour marcher. Il ne s'est pas évanoui. Nous y sommes maintenant. Je lui dis d'ouvrir la portière de la voiture. Je le jette sur le siège du passager avant. Il se recroqueville comme une limace qui peut enfin lécher ses plaies. Je l'entends pleurer tandis qu'il se tient le ventre. Il met du sang partout sur le siège. Je fais le tour du véhicule d'un pas pressé, le couteau encore à la main. C'est à mon tour de claquer la portière. Je m'assois à côté de lui. C'est une belle nuit humide et calme. Je suis content. Nous allons avoir du temps.

II

LE SANG DE LA VIA FORCELLA

(juin 1980)

Matteo De Nittis pressa encore le pas. Le petit Pippo avait du mal à suivre mais n'osait rien dire. Son père lui tenait la main et tirait dessus chaque fois que l'enfant ralentissait. Ils avaient déjà une demi-heure de retard et Matteo calcula qu'ils ne seraient pas arrivés avant au moins encore dix bonnes minutes. Ils se frayèrent un chemin dans la via Nolana, au milieu des badauds attardés devant les échoppes ambulantes. Matteo bousculait parfois des corps, en s'excusant à peine. Il maugréait, la mâchoire serrée, pestant contre ces gens qui n'avançaient pas, contre ces rues qui n'en finissaient pas, contre cette journée qui commençait si mal.

Giuliana était arrivée à l'hôtel plus tôt qu'à l'ordinaire. Deux de ses collègues étaient absentes et il avait été convenu qu'elle les remplacerait aujourd'hui. Elle avait laissé à son mari le soin d'amener le petit à l'école. Lorsqu'elle prit son café, dans les cuisines du Grand Hôtel Santa Lucia, au milieu de ses collègues qui avaient tous les yeux gonflés de sommeil, elle essaya d'imaginer ce qu'allait être la matinée de ses deux hommes, les gestes et les paroles qu'ils échangeraient. Cela lui fit du bien. Père et fils. Elle aimait les savoir ensemble. Puis il fut l'heure de monter aux étages et d'entamer sa journée de travail. Elle laissa derrière elle la tasse dans laquelle fumait encore un peu de café. Elle laissa derrière elle la pensée de son mari et de son fils et l'envie, déjà, de les revoir. Elle se fit sourde à toute impatience et plongea dans le travail.

Matteo et Pippo étaient tous les deux en sueur. Ils venaient de passer une heure dans les embouteillages, avant d'arriver enfin devant la porte Nolana. Naples n'était plus qu'un gros nœud de voitures à l'arrêt, suant l'essence et l'énervement. Pendant une heure, Matteo avait trépigné d'impatience et ses mains avaient tremblé sur le volant. Le matin, il avait eu un client à déposer à l'aéroport et n'avait pu faire autrement que d'emmener le petit avec lui. Au retour, la circulation s'était transformée en cauchemar. Tout était bloqué. Au bout d'une heure d'embouteillage, comme le trafic était toujours dans le même état de chaos, il avait fini par garer sa voiture pour faire le reste du chemin à pied. "Cela ira plus vite", s'était-il dit. Mais c'était jour de marché et la foule, tout autour de lui, semblait être là pour prendre le relais des voitures et l'éreinter jusqu'au bout.

Maintenant, il courait presque. Pippo avait le feu aux joues, pas à cause du rythme qui lui était imposé mais parce que son père venait de se mettre en colère. L'enfant avait demandé s'il pouvait s'arrêter cinq minutes et Matteo avait crié que non, qu'ils s'arrêteraient une fois arrivés à l'école et pas avant, qu'il fallait se taire maintenant, se taire et avancer.

Ils continuèrent à courir. Matteo ne cessait de pester, à chaque corps qu'il bousculait, à chaque rue qu'il fallait traverser, à chaque feu, à chaque vespa qui passait en trombe et manquait de l'écraser. Plus vite. Il ne pensait qu'à cela. Aller plus vite et en finir avec cette foutue matinée. Déposer Pippo à l'école, même en retard, même en pleurs. Le déposer et souffler enfin. Une fois qu'il aurait fait cela, il prendrait un café tranquillement, irait se rafraîchir le visage au lavabo et, lorsqu'il s'essuierait les joues dans le tissu du sèche-mains, ce serait comme abandonner derrière lui la tension accumulée dans la voiture, puis dans la course au milieu de ces ruelles bondées. Oui, il aurait tout le temps pour reprendre son souffle et laisser la sueur sécher. Mais, pour l'heure, ce retard qui croissait sans cesse lui semblait la pire des tortures.

Cela faisait longtemps que Giuliana n'avait pas travaillé à l'étage, qu'elle n'avait plus fait les chambres, le dos plié en deux, les gestes rapides et économes. D'ordinaire, elle était dans la salle du rez-de-chaussée, au petit-déjeuner. Elle dressait les tables, prenait la commande des boissons pour les clients, veillait à leur bonheur. Pendant trois heures, les clients allaient et venaient. Ils se succédaient avec le même air endormi ou pressé, le même désir de se nourrir et de parfaire leur réveil sur une douce odeur de café. Elle remplissait les assiettes, enlevait les nappes sales, vérifiait que la machine à eau chaude n'était jamais vide. Elle aimait bien cela. De table en table, elle entendait les langues du monde. Personne ne faisait attention à elle. Elle glissait d'un bout à l'autre de la salle avec discrétion et vigilance.

Aujourd'hui, dans le couloir du deuxième étage, elle était entourée de silence et l'odeur du café ne lui parvenait plus. Elle était seule. Cela lui rappela ses débuts. C'est ici qu'elle avait commencé cinq ans plus tôt : au service de nettoyage. Elle retrouvait les longs couloirs capitonnés. Il fallait entrer dans chaque chambre et faire toujours les mêmes gestes, le même rituel de propreté : ouvrir la fenêtre, taper les coussins, faire le lit, changer les serviettes, nettoyer la salle de bains et passer l'aspirateur. Elle était là, devant la porte de la chambre 205, et elle savait qu'elle avait une longue matinée de ménage devant elle. Elle sourit. Elle venait de se rappeler les deux nuits qu'elle avait passées ici, au Grand Hôtel Santa Lucia. Deux fois, elle avait pu se glisser dans ces chambres luxueuses. Giosué à la réception, l'avait prévenue au dernier moment. Des annulations de dernière minute. Des chambres payées et vides. Ils avaient accouru, Matteo et elle. C'était avant la naissance de Pippo. Deux nuits. Dans ce palace assoupi. Elle sourit. Le souvenir de la douceur de ces nuits allégeait sa charge.

Lorsqu'ils tournèrent dans le vicolo della Pace, Matteo fut soulagé. La rue était moins bondée. Le marché s'arrêtait là, et ils allaient laisser derrière eux la foule encombrante qui les empêchait d'avancer. C'est à ce moment-là que le garçon se mit à pleurer. Il dit qu'il était fatigué, que son père lui faisait mal au bras, que son lacet était défait et qu'il voulait s'arrêter. Matteo n'écouta rien. Il continua à tirer sur le bras, et lâcha un "dépêche-toi" courroucé, manière de faire sentir à l'enfant que, jusqu'au portique de l'école, il ne fallait plus rien demander, plus rien exprimer du tout, juste serrer les dents et suivre.

Une fraction de seconde, il hésita entre les deux trottoirs. Il aurait préféré marcher à l'ombre, mais il fallait traverser et c'était encore perdre du temps, alors il décida de poursuivre sous le soleil. De toute façon, il était déjà en nage.

C'est là, au coin du vicolo della Pace et de la via Forcella, que tout bascula. D'abord il ne remarqua rien. Il continua à tirer l'enfant par le bras avec la même insistance. Lorsque les passants se mirent à crier, il s'arrêta. Il n'avait pas peur. Il ne comprenait pas. Il contempla autour de lui. Tout était devenu étrange. Il voyait, partout, les bouches des visages grandes ouvertes. Il entendait des cris, une femme avec un sac en osier était à quelques mètres devant lui, à quatre pattes contre une voiture, agitant les pieds comme si une araignée lui montait le long des jambes. Il resta immobile un temps qui lui parut une éternité, puis son corps sembla comprendre et il se jeta au sol. La peur venait de s'emparer de ses muscles, de son esprit, de son souffle. Il entendit des coups de feu. Plusieurs, qui se répondaient. Il avait plaqué son fils au sol, serré contre lui. Il sentait le bitume chauffé par le soleil de ce début de journée. Des cris montaient de partout. Les gens poussaient de longues plaintes stridentes pour que la peur s'échappe d'eux et les laisse respirer.

Il serrait Pippo de toutes ses forces. Cette étreinte lui faisait du bien. C'était la seule chose qui était importante à cet instant. Cela l'aidait à retrouver son sang-froid. Il essaya d'analyser la situation. Il était au milieu de la rue, pris dans une fusillade. Des bris de verre avaient éclaté à quelques mètres de lui. Plusieurs alarmes de voiture s'étaient déclenchées. Le mieux était de ne pas bouger jusqu'à ce que cela cesse. Attendre. Attendre la police, les secours et le silence à nouveau. Attendre qu'il puisse se relever. Il avait la respiration coupée. Son sang battait fort dans ses veines. Il resta ainsi, prostré, la main sur la tête de son fils. Les secondes s'écoulèrent avec une lenteur pernicieuse. Il ne prêtait plus attention au bruit autour de lui. Il priait, récitant inlassablement du bout des lèvres "Je vous salue, Marie".

Puis, lentement, le silence revint.

Le téléphone se mit à sonner dans une des chambres du deuxième étage. La sonnerie retentissait dans les couloirs du Grand Hôtel Santa Lucia. D'abord elle n'y fit pas attention. Elle était dans la chambre 209. Un groupe était parti tôt le matin même, libérant d'un coup les dix chambres du couloir. Elle devait toutes les faire. La porte de la 209 était restée ouverte. Elle passait la serpillière, accroupie dans la salle de bains, et ne se leva pas. Le téléphone sonnait toujours. Au bout d'un temps, elle posa sa serpillière, s'essuya les mains, sortit de la chambre et marcha dans le couloir. Elle ne parvenait pas à savoir avec précision de quelle chambre émanait la sonnerie. Elle avança dans le couloir, cherchant d'où venait le bruit. Le téléphone continuait à sonner et elle sut que c'était pour elle. Elle eut peur. Instinctivement. Quelque chose était anormal. Quelque chose qui l'épiait en souriant mais qu'elle ne voyait pas, elle. Le téléphone sonnait toujours. Elle finit par entrer dans la chambre et s'approcha de l'appareil avec la faiblesse de ceux qui savent que le malheur est sur eux.

Matteo aurait été incapable de dire combien de temps s'était écoulé. Des voix retentissaient dans la rue qui n'avaient plus l'accent de la panique. Des voix qui demandaient si tout allait bien, si quelqu'un était blessé, si on avait appelé la police. Le soulagement monta en lui lorsqu'il entendit, au loin d'abord mais se rapprochant sans cesse, une sirène de police.

Il desserra son étreinte. Le danger s'était éloigné. Il se mit à trembler de façon incontrôlée. La peur sortait de son corps. Combien de retard auraient-ils finalement ? Cette idée le traversa et il eut envie de rire. Tout cela n'avait plus aucune importance. Il passa la main sur le dos de l'enfant et lui murmura que tout était fini, qu'il pouvait se lever, que le danger avait disparu au coin de la rue. Le petit ne bougea pas.

Pippo ? L'enfant ne répondit pas. Il se sentit pâlir d'un coup. Il se mit à genoux. Sa chemise était baignée de sang. Pippo ? L'air lui manqua. Son fils ne bougeait pas, restait face contre terre, inerte. Pippo ? Il cria. Il ne savait pas que faire. Il cria. Parce qu'il ne savait pas comment empêcher ce sang qu'il aimait de continuer à se répandre sur le trottoir. Ses mains couraient sur le torse de l'enfant comme s'il essayait, sans y parvenir, de trouver la plaie et de l'empêcher de couler. Ses mains devenaient toujours plus rouges, glissant, baignant dans le sang. Ses mains qui semblaient ne lui servir à rien parce qu'il ne savait pas faire les gestes utiles.

Des gens s'approchèrent de lui, peureusement. Ils se tenaient debout, à quelques mètres, et ne cessaient de répéter qu'une ambulance allait venir mais il les entendait à peine. Il se concentrait pour ne pas pleurer. Les badauds continuaient à s'approcher et ne faisaient rien. Il cria. Que l'on coure chercher de l'aide. Que l'on se dépêche. Personne ne bougea. Tout était atrocement lent.

Elle venait de raccrocher. Elle était assise sur le lit qu'elle avait fait un peu plus tôt, seule au milieu d'une chambre trop propre. Il ne restait plus rien en elle. Elle n'était plus nulle part et ne sentait plus rien. La journée venait de se déchirer. Elle ne pouvait rien faire. Ni crier. Ni se lever pour courir. Elle était là, inerte. Le monde bruissait encore, sans connaître son mal. Les gens aux étages du dessous, dans les chambres voisines, les gens partout vivaient leur vie en ignorant qu'elle était dans cette chambre, à l'arrêt. Elle ne bougeait pas de ce lit trop doux, persuadée que sa vie s'arrêtait là et que le reste n'était que brouillard.

Dans la via Forcella, des hommes en uniforme, enfin, fendirent la foule et vinrent s'agenouiller aux côtés de Matteo. Il demanda que l'on s'occupe de son fils. Il ne voulait pas lâcher sa tête d'entre ses mains. Elle dodelinait comme un poids mort. Ce n'était pas possible. Pas lui. Pas cette journée-là. On le releva. Ils avaient amené un brancard, il fallait laisser passer les ambulanciers, les laisser faire leur travail.

On lui posa des questions. On lui demanda son nom, son adresse. Il essaya d'écouter ce qu'on lui disait mais ne comprenait pas grand-chose. Il voyait, aux visages de ceux qui l'entouraient, la gravité de ce qu'il était en train de vivre. Il ne voulait pas lâcher la main de Pippo. Même froide et inerte. C'est tout ce qu'il demandait. Ne pas lâcher la main de son fils. Qu'ils l'emmènent où ils voulaient mais qu'ils ne lui demandent pas cela. Ils durent sentir qu'il ne céderait pas car ils le laissèrent faire. Ils ouvrirent les deux battants de la porte arrière de l'ambulance et il put monter à la suite du brancard.

Ils étaient serrés, Pippo et lui, au milieu des couvertures et des caisses de pansements. Le camion démarra. Combien de fois avait-il vu passer une ambulance dans les rues de Naples ? Combien de fois s'était-il mis sur le bas-côté de la route pour en laisser une le doubler ? Il était dedans maintenant. Il ne savait pas où ils allaient. L'essentiel était de trouver un endroit où ils pourraient soigner Pippo. Il n'y avait que cela qui comptait. Dans l'ambulance, ils lui mirent un tube dans la bouche. Bizarrement, cela le rassura. Cela voulait dire qu'il y avait des choses à faire, des gestes à effectuer, des protocoles à suivre. Ils allaient faire ce qu'ils savaient faire. Ce serait peut-être long, peut-être pénible, il faudrait rester peut-être des heures, des jours entiers, dans l'inquiétude, mais peu importait, il serait inébranlable. Il était décidé à sortir son fils de cette journée, le sortir de cette rue, le sortir de cette foule à la curiosité malintentionnée, le sortir de ce camion qui sentait le sang et les pansements.

L'ambulance s'arrêta. Il attendit quelques secondes, puis les portes arrière s'ouvrirent et un jet de lumière l'aveugla.

Il se leva et sortit du véhicule. Ils étaient dans la cour intérieure d'un hôpital, une sorte de parking. Il tourna la tête pour voir où était l'entrée des urgences et c'est là qu'il la vit. Elle s'avança vers eux. Il ne comprit pas tout de suite ce qu'elle faisait là. Giuliana ? Elle ne répondit pas. Il voulut lui demander comment elle avait su, qui lui avait dit que c'était ici qu'ils iraient. Il ne se souvenait pas que c'était lui qui avait donné aux policiers le nom de sa femme et le numéro où la joindre. "Giuliana. Ecoute…" Il lui ouvrit les bras mais ce n'est pas vers lui qu'elle marcha. "Giuliana, il faut que tu sois forte…" Elle ne fit pas attention à ce qu'il disait. Elle marcha droit sur l'ambulance. Il la regarda. Giuliana au visage défiguré, au nez coulant, à la bouche tordue. Giuliana qui ne parlait pas. Lorsqu'elle passa près de lui, il eut un geste pour l'arrêter. Il voulait qu'elle s'approche de lui, qu'elle vienne dans ses bras. Il voulait lui dire qu'il fallait se calmer. Lui dire ce qu'il savait, ce qui s'était passé là-bas. Il voulait aussi que quelqu'un leur explique ce qu'ils allaient faire pour Pippo. Mais Giuliana ne fit pas attention à son geste. Elle ne le vit même pas. Aucun des hommes qui étaient là, autour du véhicule, les ambulanciers, les policiers, n'osa l'en empêcher. Elle entra à l'arrière du véhicule et ils l'entendirent tous se mettre à gémir.

Quelque chose était étrange. Il était sur le point de la rejoindre, mais il resta là, immobile, essayant de percer ce qui, autour de lui, était anormal. Et puis, doucement, l'idée s'empara de lui et elle grossit avec de plus en plus de certitude : elle savait. Giuliana savait quelque chose qu'il ignorait. Peut-être les ambulanciers l'avaient-ils prévenue au moment où ils l'avaient appelée pour lui dire de venir au plus vite, peut-être l'avait-elle senti d'elle-même, comme une mère, à l'instant même où cela avait eu lieu. Mais c'était sûr maintenant : Pippo était mort. C'est ainsi qu'il l'apprit. En regardant Giuliana. Sinon pourquoi tous ces hommes ne bougeaient-ils pas ? Pourquoi est-ce qu'on ne transportait pas Pippo dans les couloirs en hurlant des ordres pour ne pas perdre un instant ? Pourquoi laissait-on la mère gémir dans l'ambulance, sans lui dire d'être forte, sans lui dire qu'on allait tout essayer pour sauver son fils ?

Il l'apprit ainsi. Et il ne put rien faire d'autre que de rester debout, inutile et abattu, au milieu de ces hommes à qui la gêne et la compassion faisaient baisser les yeux. Il aurait dû ne pas lui lâcher la main. C'est à cela qu'il pensait. Il n'y avait que cette idée en lui. Ne pas lui lâcher la main. Jamais. Tant qu'il la lui tenait, Pippo vivait. C'est pour descendre de l'ambulance qu'il avait dû la lâcher. Alors, il voulut retourner dans l'ambulance, reprendre la main de Pippo et continuer à la serrer. Il fit deux pas dans la direction du véhicule, mais deux hommes l'empêchèrent de passer. Ils le firent avec un air de tristesse désolée, sans rien dire. Qui étaient-ils ? Pourquoi se mettaient-ils en travers de son chemin ? Pourquoi est-ce qu'il ne pouvait pas rejoindre son fils ? Est-ce que cela les gênait ? Il devait retourner dans l'ambulance. Son fils avait besoin de lui. Est-ce que cela leur posait un problème ?

Ils le retinrent avec douceur mais fermeté. Alors l'idée le traversa qu'ils étaient là pour lui apprendre. Les premiers à lui apprendre que désormais il ne pourrait pas le serrer, le toucher, l'embrasser, lui renifler les cheveux. Il ne pourrait plus. Ils étaient séparés. Son fils. C'est cela qu'il devait comprendre. Son fils, Pippo, qu'il ne verrait plus, ne toucherait plus, à qui il ne baiserait plus le front, son fils qu'on lui avait retiré, en une seconde. Il ne pourrait plus. Jamais. Le caresser. Son fils à lui. Alors ses jambes s'affaissèrent et il tomba à terre.

III

À GENOUX SUR MA TOMBE

(août 2002)

Je démarre en trombe. Cullaccio continue de gémir à côté de moi. Il n'en revient pas. Ce n'est pas ce qu'il avait prévu pour sa soirée. En une fraction de seconde, tout change. Je le sais mieux que personne. La vie que l'on avait envisagée disparaît d'un coup et il faut faire avec le malheur qui ne veut plus vous lâcher. Il suffoque et se vide sur son siège. Mais qu'il se rassure, il ne mourra pas de sa blessure. J'ai veillé à ne pas lui ouvrir le ventre. Le sang lui coule dans l'entrecuisse et baigne son pantalon. Il a peur. Je sais. Il se voit mourir ici, après de longues heures de souffrance. Je sais.

Nous roulons. Je connais le chemin par cœur. J'ai répété ce jour tant de fois. Je glisse le long de la via Partenope. Nous longeons la mer. Les pavés de la chaussée nous font danser. A chaque soubresaut, il gémit de plus belle. Nous descendons maintenant vers le port. Il ne pose aucune question. Il se contente de grogner, de geindre et de proférer des insanités. Il a peut-être peur que je le frappe. A quoi me servirait-il de le faire ? Il a déjà mal. La chaussée est pleine de trous. C'est un supplice suffisant. Je roule sans tenter de les éviter. Il s'accroche maintenant à la boîte à gants pour reprendre son souffle, puis recommence à se tortiller comme une anguille. Aucune position ne le soulage. Cela aussi, je le sais. Je me souviens : les jambes se tordent, on voudrait expulser la douleur hors de soi, mais rien n'y fait. Pour moi aussi, cela a été long – et mon père qui criait, qui pleurait. Le visage blanc de mon père qui ne pouvait rien faire que me serrer fort pour que je sente que quelqu'un m'entourait.

Je me demande si le sang de Cullaccio goutte en dehors de la voiture. Il faudrait que je m'arrête pour vérifier. J'aimerais que ce soit le cas. Que son sang coule sur le pavé de Naples. Qu'il imprègne le bitume et réveille mon père. Il fait nuit maintenant. Les immeubles à notre gauche ont l'air morne d'une ville abandonnée à la peste. Sur notre droite, les lumières du port et de quelques gros cargos à quai se reflètent avec tristesse sur le visage en sueur de Cullaccio. On dirait un clown qui pleure. Personne ne l'entendra gémir ici. Et, même si quelqu'un l'entendait, ce ne sont pas des quartiers où l'on s'enquiert de son prochain. Je roule en prenant garde d'aller trop vite. Je veux en profiter. J'entends son gargouillis de douleur. J'aperçois, parfois, à la dérobée, ses grimaces. C'est bien.

Nous dépassons maintenant les deux tourelles qui font face à la piazza del Carmine. C'est ici que je suis né. Je le lui dis. Il ne répond rien. Je ne sais pas s'il a entendu ou s'il a compris que c'était à lui que je parlais, alors je répète : Ici, là, dans le gazon au pied des tourelles. Il me regarde avec des yeux ronds. Il a plus peur que si je lui avais dit que j'allais le rouer de coups. Je suis fou. Il ne peut en être autrement. Personne ne naît ici, au pied des tourelles du quai. Il n'y a que de l'herbe souillée par des canettes de bière renversées, des drogués et quelques clandestins qui dorment là, bercés par le bruit constant des voitures. Pourtant, je n'ai pas menti, c'est bien là que je suis venu au monde la deuxième fois. La première, bien sûr, je suis né dans un hôpital – sorti du ventre de ma mère, au milieu de ses viscères chauds. Mais, plus tard, je suis né ici, de la seule volonté de mon père. L'air que j'ai respiré était celui de cette route à deux voies crasseuse et, comme à ma première naissance, j'ai cligné les yeux d'éblouissement et j'ai hurlé tant l'air me brûlait les poumons. Je me souviens de tout. Et même de ce qu'il y avait avant. Ce qui remplit mes nuits de glapissements et de nausée. Mais cela, je ne le lui raconterai pas. Il faudrait trop parler. Viendra peut-être un moment où il sentira qui je suis. Il ne le comprendra pas – qui le pourrait ? – mais la chair de poule qui le fera frissonner lui dira ce que je tais. Pour l'instant, il a décidé de tenter sa chance, d'essayer de subjuguer sa douleur et de parler. Je n'écoute pas. Il doit avoir entrepris de me raisonner. Il m'offre peut-être de l'argent. A moins qu'il n'en appelle à ma clémence. Il parle et je suis loin. Je repense aux yeux de ma mère, à la chaleur épaisse de son cou. C'était il y a si longtemps. Je repense à son odeur et à son rire en cascade. Ma mère qui m'a banni. Abandonné comme un souvenir dont on ne veut plus.

Nous dépassons, sur notre gauche, la silhouette des deux silos en acier noir. Ce sont deux grands cylindres dont il ne reste que la structure et qui surplombent les immeubles alentour de toute leur inutilité. Il va bientôt falloir serrer à droite pour quitter Naples et prendre la *tangenziale*.

Lorsque je mets mon clignotant pour attraper ce bras d'autoroute, Cullaccio commence à paniquer.

Il est comme une araignée mise en pleine lumière. Quitter le ventre des ruelles de Naples lui est une violence. Je roule vite maintenant. La *tangenziale* surplombe la ville. Nous dépassons le centre des affaires – cinq ou six gratte-ciel sortis de nulle part, serrés les uns contre les autres, comme une forêt d'argent au milieu de la crasse. Les panneaux indiquent la direction de Bari ou de la côte amalfitaine. Je change de bretelle. C'est un dédale de ponts, de routes, d'entrées et de sorties. Capodichino. Je suis les pancartes de l'aéroport. Un avion décolle dans la nuit et nous passe dessus. Je pense à la tête que feraient les passagers si le commandant leur disait qu'ils viennent de survoler une voiture dans laquelle un homme de soixante ans se vide de son sang comme un goret. Des hommes passent à mes côtés, dans les airs, sur les voies d'en face, des gens qui n'en sauront jamais rien. Toutes ces vies qui glissent, imperméables les unes aux autres.

Cullaccio panique. La terreur lui fait oublier sa douleur. Il a repéré les panneaux indiquant l'aéroport et il pense que je veux le faire monter à bord d'un avion. Pour aller où ? Si je lui disais d'où je viens, moi, il ne lui resterait plus qu'à implorer la miséricorde de Dieu. Je quitte la *tangenziale*. Nous longeons maintenant le cimetière sur les hauteurs de la ville. Il pense – cela se voit dans sa moue piteuse – que je cherche un endroit pour l'abattre. Je passe devant la porte principale du cimetière. Je ne m'arrête pas. Il faut aller un peu plus loin à trois cents mètres, il y a une autre entrée, plus petite et inusitée. Je me gare devant ce vieux portique rouillé. Je suis venu ici souvent, de nuit, pour imaginer ce que serait ce jour.

J'extrais Cullaccio de son siège. Il tombe à terre et reste un instant au sol, pleurant comme une vieille femme, le visage couvert de morve et les jambes baignées de sang. Je le laisse là. Il ne se sauvera pas. Je vais chercher une cisaille à métaux dans le coffre et fais sauter le cadenas. Le portique est dur à pousser. Des années d'immobilité l'ont rouillé jusqu'à le souder au sol. Je pousse avec rage. La porte cède et s'entrebâille suffisamment pour nous laisser passer. Il va falloir que Cullaccio se lève maintenant. Je le lui dis, avec une autorité dans la voix qui le fait se dresser sur ses jambes malgré sa faiblesse. Nous pénétrons dans le cimetière. Les pierres tombales ont des silhouettes de vaisseaux étranges. Je ne dois pas avoir peur. Je ne dois pas me laisser envahir par mes cauchemars. Les statues semblent sourire à notre passage. Je reconnais le silence épais de la mort. Je respire plus difficilement. Je dois me concentrer sur Cullaccio et rien d'autre. Nous marchons dans les allées en faisant fuir parfois quelques chats. Je le pousse devant moi. Il trébuche souvent. Cela me fait du bien. Le bruit vivant de son corps qui marche cahin-caha me soulage. Il est lui, bien réel, avec sa douleur et sa blessure. Je le relève chaque fois sans ménagement et le pousse à nouveau devant moi. Il souffle comme une bête. C'est étrange comme je ne ressens rien. Je ne le quitte pas des yeux mais je n'éprouve, à son égard, aucune pitié, aucun dégoût non plus, malgré la laideur de ses pleurs d'enfant.

"C'est là." Ma voix l'a stoppé net, comme un ordre. Il se retourne, cherche quelque chose des yeux dans ce qui nous entoure. Je lui montre une pierre tombale. C'est là. Je veux qu'il s'agenouille. Il tourne la tête vers moi. On dirait une gargouille qui supplie. Il se met à parler, balbutie qu'il ne sait pas qui je suis mais que s'il m'a fait du mal… Je ne le laisse pas finir. Nous y sommes. Je lui montre la stèle et lui demande de lire. Il tourne la tête avec crainte. J'ajoute : "A voix haute." Je veux que sa voix résonne. Il hésite d'abord. Je lui donne un coup de pied comme on le fait à un chien que l'on veut décider à courir. Il s'exécute. Filippo De Nittis. 1974-1980. Sa voix s'achève en sanglot. Il ne sait pas pourquoi il pleure : l'appréhension du coup qu'il pense proche peut-être… Il cherche dans sa mémoire mais ne trouve rien. Ces noms, ces dates ne lui sont d'aucune aide. Il voudrait savoir qui je suis et de quoi je vais me venger mais il n'ose poser aucune question. Des visions, à cet instant, me traversent l'esprit. Je me souviens des Enfers. Les salles immenses et vides parcourues par le seul gémissement des âmes mortes dans la souffrance. La forêt des goules où les arbres se tordent sous un vent glacial. Je me souviens des cortèges d'ombres entremêlées qui brandissaient leurs moignons. Tout me traverse et me claque aux oreilles. Il faut tenir. Je repense à mon père. Je sens son regard sur moi. La volonté d'un homme qui me réchauffe et me donne vie. J'attrape Cullaccio par les cheveux et lui plaque la tête contre la pierre tombale. Je lui ordonne de mettre ses mains dessus. Il pense, à cet instant, je le sens dans son silence, il pense que je vais le tuer. Je mets mon genou sur sa tête. Sa joue doit frotter contre le granit de la tombe. Je tiens son poignet avec force. De la main droite, je sors le couteau de ma poche et je lui tranche les doigts. D'un geste sec, tous sectionnés, sauf le pouce. A l'instant où je l'ampute, son corps tout entier fait un mouvement qui manque de me désarçonner. Le sang coule de sa main mutilée. "L'autre."

Je le dis en hurlant pour qu'il m'entende malgré la douleur. Il me supplie d'arrêter. Je n'écoute pas. Je serre sa main droite. Je la regarde. C'est avec cet index-là qu'il a tiré. La pression sur le métal de la détente est venue de ce doigt. Je coupe à nouveau. Les cris qui sortent de sa bouche sont monstrueux. Je me relève. Il s'effondre le long de la tombe, plaquant contre son ventre ses deux moignons inutiles. C'est ce que je veux. Qu'il reste ainsi toute sa vie – un impotent incapable de rien saisir, impuissant à exécuter la plus élémentaire des tâches. Il aura besoin qu'on l'assiste. Il connaîtra l'humiliation d'avoir à demander de l'aide pour se lever, se coiffer, se moucher. Une infirmière veillera sur lui comme une pauvre chose en essayant de dissimuler son propre dégoût. Il se souviendra de moi. A chaque geste simple qu'il ne pourra plus accomplir. Je vais l'accompagner jusqu'à son dernier jour. Je vais le rendre fou. Et s'il se lance à ma poursuite, s'il engage tout Naples pour me tuer, il se rendra vite compte que toutes les enquêtes le mèneront ici, sur cette tombe où il gémit. Il butera sans cesse sur cette étrangeté qu'il ne pourra comprendre : je m'appelle Pippo De Nittis et je suis mort en 1980.

Je le laisse là, affaissé à terre, moitié gémissant, moitié évanoui. Il balbutie des mots incompréhensibles. Je vais m'éloigner, retourner sur mes pas et reprendre ma voiture. Je regarde une dernière fois cette image pour m'en imprégner : la pierre tombale est maculée de sang. Des doigts y gisent. D'autres sont répandus çà et là. Je me penche et prends deux doigts avec moi, puis je laisse Cullaccio à sa douleur. Il ne mourra pas. Pas de cela. Des hommes ne tarderont pas à le trouver. Ils le ramèneront, le soigneront, puis le questionneront. Les clients de chez Bersagliera ont donné l'alerte depuis longtemps déjà. C'est bien. Il ne faut pas qu'il meure. Je lui tourne le dos. J'en ai fini avec lui. La nuit est douce. Mon sang bat fort dans mes veines. Je vais rejoindre la voiture et partir. Il me reste encore tant de choses à accomplir.

IV

LES AVENUES DE LA SOLITUDE

(septembre 1980)

Ce qu'il se passa ensuite, Matteo et Giuliana ne s'en souvenaient pas. Les heures, sûrement, se succédèrent les unes aux autres. Les jours aussi. Mais ils avaient l'impression d'être hors de la vie. Parvinrent-ils à dormir durant cette période ? Certainement, sans quoi ils n'auraient pas tenu, mais ils ne se rappelaient pas l'avoir fait. Et, pour tout dire, l'idée du sommeil leur semblait incongrue. Leur douleur ne connaissait pas de repos. Ils vivaient une seule et même longue journée, faite des mêmes paroles qu'on leur adressait avec ce mélange de gêne et d'émotion. Les amis, les collègues de la centrale des taxis, les voisins, tous ces gens prononçaient les mêmes mots, à voix basse sans attendre de réponse, comme on pose une offrande aux pieds d'une statue. Ils disaient merci. Ils disaient qu'ils étaient touchés. Ou ils ne disaient rien et serraient les mâchoires pour ne pas pleurer.

Les gens, souvent, félicitaient Matteo pour sa force. On le trouvait solide et courageux. Cela lui semblait toujours saugrenu car il savait, lui, à quel point il était amputé et détruit. Il savait tous les gestes qu'il ne pouvait plus faire : entrer dans la chambre de Pippo, prononcer son nom, retourner aux endroits où ils allaient ensemble. Il savait qu'il était dans le même état d'hébétude du matin au soir et que plus rien ne comptait.

Le plus dur, c'était dans la rue, lorsqu'il entendait les cris des enfants. Même âge que Pippo, même joie à courir derrière un vélo ou à appeler les copains du quartier avec un ton gouailleur. Il les entendait lorsqu'il passait : *"Eh Anto', vieni qua !"* Il tressaillait de tout son corps. *"Anto', vieni a giocare !"* Ces enfants vivent, pensait-il en pressant le pas, tous, ils vivent, sauf le mien. Et tout continuait : les courses poursuites, les parties de chat dans le quartier. *"Anto' !"* Ceux-là avaient peut-être joué avec son fils. Il ne voulait pas les regarder car il savait ce qu'il penserait : il ne pourrait s'empêcher de les maudire. Que la mort en prenne un, n'importe lequel, un qui ne deviendra rien, un au hasard, ou même qu'elle les prenne tous, mais qu'elle lui rende le sien. Pourquoi vivaient-ils, eux ? Etaient-ils meilleurs que Pippo ? Il pressait le pas pour ne pas les agripper par la manche avec férocité en leur demandant : "Pourquoi ? Pourquoi ?" comme un halluciné.

Giuliana ne changeait plus de visage. Elle avait un teint de craie et des yeux cernés. Elle restait le plus clair de son temps assise dans un fauteuil et pleurait, désolée, fade comme une vieille photo jaunie. Un jour – combien de temps était-ce après la mort de Pippo, elle aurait été incapable de le dire – elle se leva et sortit. Elle voulait aller au cimetière. Elle n'y était pas retournée depuis l'enterrement. Elle marcha d'un pas lent jusqu'à la station de bus. Elle attendit, le regard vide, le sac à main serré sous son bras. Lorsque le bus arriva, elle ne parvint pas à y monter. Il était là, devant elle, mais ses muscles étaient bloqués. Le chauffeur attendit quelques secondes pour voir si elle se décidait, puis il referma les portes et démarra. Elle resta immobile, absente à elle-même. Elle n'avait pas bougé d'un mètre. Aucun muscle de son corps n'avait pu effectuer le moindre mouvement. Elle mit du temps à prendre le chemin du retour et, lorsqu'elle le fit, ce fut d'un pas lent, comme terrassée par sa propre faiblesse.

Matteo ne le dit à personne, pas même à Giuliana, mais il vivait toujours la même journée. Il était toujours au même endroit, au coin de la via Forcella et du vicolo della Pace. Il ne parvenait pas à quitter ce trottoir. Il y passait des heures en pensée. Tout défilait sans cesse. La journée telle qu'elle s'était passée, la journée telle qu'elle aurait pu se passer, les infimes et microscopiques changements qui auraient pu faire qu'elle ne se passe pas comme elle s'était passée. S'il avait marché un peu moins vite. S'il n'avait pas garé la voiture pour poursuivre à pied, ou s'il s'était garé ailleurs. Il lui aurait suffi de changer de trottoir, de passer du côté ombre – comme l'idée l'avait effleuré – ou de prendre le temps de s'agenouiller pour refaire le lacet de Pippo qui le lui avait demandé… Quelques secondes, chaque fois, auraient suffi, pour qu'ils soient ailleurs de quelques centimètres. Quelques secondes d'avance ou de retard et la trajectoire de la balle était évitée. Des événements dérisoires : une voix que l'on croit reconnaître et qui lui aurait fait marquer un temps d'arrêt. Une vespa qui déboule et qui les aurait obligés à faire un pas en arrière. Mais non. Tout avait concouru à la rencontre terrible du corps et de la balle. Quelle volonté avait voulu cela ? Quelle horrible précision dans le hasard pour que tout convergeât ainsi. Etait-ce cela que l'on appelait le mauvais œil ? Et, si oui, pourquoi les avait-il choisis, eux, ce jour-là ? Par ennui ou par désir de jouer un peu ?

La nuit, ou lorsqu'il était seul, il entendait à nouveau les pleurs de son fils. Il était là, au bout de son bras, gémissant d'avoir à tant courir, fatigué qu'on le tire. C'est ainsi qu'ils s'étaient quittés : fâchés. Cela, il n'avait pu le dire à personne, même pas à Giuliana. Qu'est-ce qui justifiait cette colère qui lui avait fait presser le pas et l'avait mis à l'heure de la mort ? La peur d'arriver en retard à l'école ? Comme tout cela était dérisoire et imbécile. Si, au moins, il avait pu parler à son fils, sur le trottoir ou dans l'ambulance, lui dire qu'il était là, qu'il l'aimait, que la colère était oubliée, mais rien. Pippo était mort en silence, avec un père en colère.

Il mit du temps à avoir la force de retrouver sa voiture. Lorsqu'il se décida enfin, il choisit la nuit. Il voulait que les trottoirs n'aient pas la même couleur que le jour de la fusillade. Que rien ne puisse lui rappeler ce jour, ni la foule, ni les bruits de la rue, ni la lumière. Il vit la voiture de loin. Elle était toujours là. Il s'en approcha, ouvrit la portière, monta dedans, les mâchoires serrées, et se mit à rouler. Il ne prit aucun client de toute la nuit. Il n'alluma pas la lampe qui indiquait si le véhicule était vide ou occupé. Il n'était pas là pour travailler, juste pour rouler. Il alla de l'aéroport de Capodichino à Santa Lucia, de la piazza Dante au centre des affaires, du port au Vomero. Il roula sans savoir pourquoi, s'arrêtant parfois de longues minutes sur le bas-côté de la route, les mains tremblantes, les lèvres mi-ouvertes, la tête baissée. Il roula jusqu'à être épuisé, et alors seulement il se résigna à rentrer chez lui.

Lorsqu'il pénétra dans la chambre à coucher, le plus doucement possible car il était cinq heures du matin, que Giuliana se retourna dans le lit, sans se réveiller tout à fait, et, la voix endormie, lui demanda : "Tu es retourné travailler ?" il ne répondit rien. Quelques secondes passèrent pendant lesquelles il resta debout, à quelques centimètres du lit, puis elle ajouta : "C'est bien" avant d'enfouir la tête dans son oreiller – signe qu'elle ne parlerait plus. Il ne dit rien. Ne la démentit pas. Ne lui expliqua rien de ce qu'il venait de vivre. Il se glissa dans le lit, la laissant se rendormir avec l'idée réconfortante que son mari était un homme courageux qui reprenait lentement le dessus et sur lequel elle allait pouvoir s'appuyer.

Lui, ne parvint pas à fermer les yeux. Il repensait à cette longue errance nocturne, de Mergellina à la gare, le long des avenues vides. Il se demandait, sans pouvoir répondre, ce qu'il avait fait là, quelle peine ou quel désir il avait tenté d'assouvir, s'il était en train de reprendre le dessus comme le pensait Giuliana ou de se perdre tout à fait. Il se demandait s'il allait le refaire, si chaque nuit, maintenant, il sortirait ainsi, comme un homme qui ne cherche rien mais veut juste laisser l'air doux de la nuit lui fouetter le visage.

Giuliana réessaya d'aller au cimetière. Cette idée la hantait. Il y avait là quelque chose qu'il fallait qu'elle surmonte. La deuxième fois, elle parvint à prendre le bus. Elle était livide et ne leva pas la tête de tout le trajet de peur qu'une voisine lui demande si elle se sentait mal et avait besoin d'aide. Elle serra les dents. La montée vers Santa Maria del Pianto lui parut infiniment longue. Le bus s'arrêtait, repartait, allant et venant dans le trafic avec accrocs, par saccades irrégulières. Elle se sentait nauséeuse.

Lorsqu'elle descendit enfin, l'air du dehors lui fit du bien. Elle marcha doucement pour retrouver son souffle. Puis elle arriva devant les hautes grilles du cimetière et s'arrêta. Elle contempla le fer forgé et les tombes derrière et décida de ne pas aller plus loin. Elle renonçait à nouveau. Elle sentait qu'elle n'avait pas encore la force suffisante. Il fallait qu'elle apprivoise le lieu, par approches successives. Elle regarda longuement la grille, et rebroussa chemin. Cette fois, elle ne se sentait pas terrassée. Elle savait qu'elle y arriverait, mais elle voulait le faire à son rythme. Il fallait qu'elle soit forte et inébranlable. Elle voulait entrer dans ce cimetière sans flancher ni baisser la tête, pour y faire ce qu'elle avait décidé d'y faire.

Matteo ne retravailla plus jamais de jour. Il quittait tous les soirs l'appartement vers dix-huit heures et ne revenait qu'au petit matin. Il était bien, ainsi, dans la nuit, au volant de sa voiture. Le monde ne lui demandait rien, ne le voyait pas. Il glissait, silencieux et misérable, tout entier à ses douleurs. Durant quelques heures, il parvenait à s'oublier et c'était un profond soulagement. Lorsqu'il roulait le long des avenues désertes, apercevant des silhouettes qui disparaissaient aux coins des rues, il trouvait à cette ville crasseuse une certaine beauté. Ceux qui vivaient là, sous ses yeux, à ces heures improbables où le ciel est plus sombre que les pavés, il les reconnaissait. C'étaient des hommes cassés qui fuyaient la vie ou en avaient été chassés. Il les voyait – tandis qu'il roulait toutes vitres baissées – finir une bouteille avec détresse et pisser sur les pavés sales. "Sont-ils encore vivants ? se demandait-il. Ce sont des ombres qui vont d'un point à un autre. Comme moi. Sans consistance. Cherchant que faire d'eux-mêmes. Ils sont vides et glissent sur la vie. Que ressentent-ils encore ?" Il les voyait, marchant d'un air hagard le long d'une avenue, enfermés de solitude, le regard vide, allant d'un point à un autre de la ville, juste pour marcher, pour ne pas rester seuls et éviter la tentation de se lacérer les chairs. Il les voyait, se bagarrant parfois, avec la lenteur empâtée des ivrognes ou la célérité dangereuse des meurtriers. Le peuple de ceux que le jour a chassés était là, sous ses yeux, et errait avec désespoir ou méchanceté.

Il filait sur les avenues, à ces heures étranges où les boutiques ne sont plus que des façades tristes au rideau de fer tiré et où plus rien ne pouvait le rappeler à l'homme qu'il avait été. Il filait, comptant les mendiants et les poubelles renversées. Lorsqu'il n'y avait personne à l'arrière de son taxi, il coupait le contact, n'importe où, sur le port, près de la gare, via Partenope face au château dell'Ovo, ou dans les ruelles sinistres du quartier espagnol. Il se laissait envahir par les murmures de la ville et laissait divaguer son esprit : pourquoi les hommes ne pouvaient-ils pas mourir comme des flammes ? s'épuiser doucement jusqu'à s'éteindre ? C'est ce qu'il aurait aimé pour lui – ce qui lui semblait le plus proche de son état réel. Il ne devait pas durer, juste rapetisser doucement, respirer de moins en moins fort, et disparaître. Mais cela n'arrivait pas et chaque nuit, tandis que l'air humide de la mer battait les rues vides de Naples, il devait constater qu'il vivait encore.

Et puis il y eut ce matin de septembre. Giuliana sortit de l'appartement avec une détermination dont elle ne se serait plus crue capable. Dans les rues de Naples, le soleil se levait doucement et les façades des immeubles étaient coupées entre ombre et lumière. Elle avait prévenu, la veille, qu'elle ne viendrait pas à l'hôtel mais elle n'avait rien dit à Matteo car elle voulait pouvoir partir aussi tôt que d'habitude sans avoir à s'expliquer. Elle marcha le long de la via Foria. Elle avait les traits tirés, le visage blême mais il se dégageait de ses mouvements une force sourde. Elle savait qu'aujourd'hui, elle y arriverait. Elle ne voulait pas prendre le bus. Elle voulait marcher. Y arriver en avançant, pas à pas. Elle voulait avoir le temps de réfléchir et sentir la fatigue lui tirer les muscles. Elle allait au cimetière de Naples, là-haut sur les hauteurs de Santa Maria del Pianto, et elle laissait derrière elle la ville se réveiller dans un halo de lumière bleu rosé.

Elle passa sous la porte du cimetière sans hésitation. Elle marcha à travers les tombes sans chanceler. Lorsqu'elle fut devant celle de son fils, elle s'arrêta net et regarda l'inscription sans émotion apparente.

"Une pierre, c'est donc cela qu'il reste de mon fils", se dit-elle. Le silence qui l'entourait lui fit du bien. Elle n'aurait pas supporté de croiser d'autres visiteurs ou d'être gênée par les allées et venues des employés municipaux. Elle était immobile, ne regardait plus ni la pierre ni le nom qui avait été gravé dessus. A l'horizon, la baie de Naples scintillait comme un poisson. Elle était absorbée par des visions. Des voix résonnaient en elle, celles de ceux qui étaient venus, quelques semaines plus tôt, aux obsèques de Pippo. Elle se souvenait de la marche derrière le corbillard, de la longue cérémonie durant laquelle elle s'était accrochée au bras de Matteo pour ne pas flancher. Le défilé de tous ces visages qui disaient tous la même chose. Elle se souvenait et c'était comme d'être à nouveau au milieu de la foule lente qui marchait derrière le cercueil. Le cimetière vide s'était peuplé à nouveau. Elle avait l'impression de les avoir sous les yeux. Ils étaient tous là, autour d'elle, la mine grise et les habits noirs. La famille, les amis, les commerçants du quartier. Tous. Une colère froide monta en elle, une colère qui pouvait tout brûler, tout arracher, celle des mères endeuillées qui ne se résignent pas. Alors elle se mit à parler, là, au milieu de nulle part, à cette heure où seuls les oiseaux entendent et ce fut la première imprécation de Giuliana :

"Je vous maudis, tous. Car le monde est laid et c'est vous qui l'avez fait. Vous vous êtes pressés autour de moi, vous m'avez entourée de mots doux et de sollicitude mais je ne voulais rien de cela. Je maudis les employés de ce cimetière qui portaient le cercueil de mon fils avec soulagement parce qu'au fond d'eux-mêmes, ils ne pouvaient s'empêcher de trouver qu'il était bien léger et que c'était moins fatigant pour eux. Je sais que c'est ce qu'ils ont pensé même si rien ne transparaissait sur leur visage et je les maudis d'avoir eu pareille pensée.

Je maudis ceux qui étaient là, dans la foule, et que je ne connaissais pas. Ils sont venus par une méchante curiosité et je souhaite que ce soit à leur tour de pleurer sur ceux qu'ils aiment. Je maudis aussi les amis et les pleurs sincères. Toute douleur qui n'est pas mienne, je crache dessus et la foule aux pieds. Il n'y a de place, en ce monde, à cet instant, que pour les larmes de la mère. Tout le reste est obscène. Je les maudis tous. Parce que j'ai mal. Je chasse le monde. Je le chasse loin de moi. Que les prêtres qui ne disent que des inepties apaisantes se taisent ou qu'ils parlent vrai et évoquent la révolte de nos cœurs face à la pourriture d'un enfant, la révolte de mon ventre de mère face au regard crevé de celui qui m'a tété le sein. Je suis pliée en deux sur cette dalle de marbre et je bave de rage. Maudite soit-elle, cette pierre que je n'ai pas choisie et qui recouvre désormais mon enfant pour l'éternité. J'embrasse tout cela du regard et je crache par terre. Je ne viendrai plus jamais ici. Je ne déposerai aucune couronne. Je n'arroserai aucune fleur et ne ferai plus jamais aucune prière. Il n'y aura pas de recueillement. Je ne parlerai pas à cette pierre, tête basse, avec l'air résigné des veuves de guerre. Je ne viendrai plus jamais parce qu'il n'y a rien ici. Pippo n'est pas là. Je maudis tous ceux qui ont pleuré autour de moi, croyant que c'est ce qu'il fallait faire en pareille occasion. Je sais, moi, et je le redis : Pippo n'est pas là."

V

JE TE DONNE LA VENGEANCE

(septembre 1980)

Les déambulations de Matteo continuèrent, toujours d'un point à un autre de la ville, à l'heure où les chats déchirent avec avidité les sacs-poubelles que les hommes, pressés d'en finir avec leur journée de labeur, entreposent à l'arrière des restaurants. Il travaillait de moins en moins. Combien de fois était-il passé sans s'arrêter devant un client qui avait levé le bras à la vue de son taxi ? C'était au-dessus de ses forces. Il était trop loin, perdu trop profondément dans ses pensées. Il roulait pour ne penser à rien. Et les nuits se succédaient.

Mais il y eut ce soir où Giuliana le retint par la manche. Tout avait été calme. Il s'était fait réchauffer un plat avant de partir, comme d'habitude. Elle était rentrée au moment où il débarrassait son assiette. Elle n'avait rien dit. Lui non plus. Il s'était levé avec une certaine lassitude, était allé chercher les papiers et les clefs de la voiture, et, à l'instant d'ouvrir la porte, il avait senti qu'elle lui agrippait le bras avec une étonnante violence. Elle était face à lui, le visage transfiguré. Ses lèvres tremblaient comme si sa bouche hésitait à laisser sortir les mots qui lui brûlaient le palais. Il resta interdit. D'où venait cette colère subite ? Qu'est-ce qui avait pu provoquer pareille crise ? Elle ne lâchait toujours pas son bras. Il hésita. Il se rendait compte qu'il était incapable de mettre un nom sur la force qui animait sa femme. Etait-ce de la rage ou de la détresse ? Voulait-elle se battre avec lui, l'insulter, le gifler ou simplement le retenir quelques minutes pour qu'elle puisse pleurer dans ses bras ? Il ne savait pas.

Mais les mots, enfin, sortirent de la bouche de Giuliana, avec cette voix cassée par le malheur, et il comprit que c'était de la colère qui lui montait aux lèvres – qu'elle s'était même sûrement accumulée depuis des semaines et que le silence habituel de Giuliana, qu'il avait pris trop vite pour le signe de sa résignation face au fléau, n'était en fait que la longue préparation à cet instant.

"Qu'est-ce que tu fais, Matteo ?" demanda-t-elle. Et, comme il ne répondait pas, elle répéta avec violence : "Qu'est-ce que tu fais ?

— Je sors", dit-il simplement. Et il ajouta pour bien montrer que tout cela était ordinaire, le parfait programme d'une journée banale : "C'est l'heure".

Elle éclata alors de rage et se mit à crier, comme une furie :

"De quoi, Matteo ? D'aller traîner d'un point à un autre de la ville ? D'attendre que le jour se lève pour revenir te cacher ici ? Qu'est-ce que tu fais, Matteo ?"

Il resta bouche bée, sidéré qu'elle sache ce qu'il faisait de ses sorties, qu'elle connaisse parfaitement l'état d'errance dans lequel il se trouvait sans en avoir jamais parlé. C'était comme s'il était mis à nu. Il se sentit honteux. Il était sur le point de lui dire qu'il n'était pas question, pour lui, de parler de tout cela avec elle, mais elle ne lui en laissa pas le temps. Elle se mit à lui frapper la poitrine. Ces coups sur le torse qu'elle lui donnait tout en gémissant – mélange de plainte et de malédiction – n'étaient pas faits pour le meurtrir mais plutôt pour ébranler en lui quelque chose d'obstinément immobile. Il la laissa faire, pensant que ces coups allaient la calmer, mais il y eut ces derniers mots – prononcés avec une colère plus grande encore, ces mots baignés de pleurs qui l'ébranlèrent davantage que les poings serrés qui continuaient de frapper :

"Rends-moi mon fils, Matteo. Rends-le-moi, ou, si tu ne peux pas, donne-moi au moins celui qui l'a tué !"

Il faillit chanceler. Tout tournait dans son esprit, les paroles de Giuliana, le visage de Pippo, la scène de fusillade, ses errances inutiles. Il ne pouvait ni parler, ni rester une minute de plus devant Giuliana. Il écarta doucement ses mains. Elle se laissa faire avec une docilité d'enfant. Il ouvrit alors la porte d'entrée et, sans rien dire, sortit de l'appartement et dévala les escaliers.

Pendant tout le chemin qui le séparait de sa voiture, il eut peur de tomber. Ses jambes tremblaient. Il se sentait pâle. Un bourdonnement continu montait à ses oreilles. Ce n'est qu'assis au volant de sa voiture, lorsqu'il put tenir avec fermeté le volant, qu'il lui sembla recouvrer ses esprits. Il démarra et se mit à rouler au hasard. Tandis que Naples défilait sous ses yeux, il laissait le visage de Giuliana l'envahir, le visage de Giuliana, enlaidie par la colère, grimaçante dans les larmes. Elle était belle, sa femme courage aux cernes de malheur. Elle était belle et infiniment plus forte que lui. Elle voyait plus loin, regardait le malheur en face. Elle venait de lui demander quelque chose et au fond elle avait raison. Cela ne leur rendrait pas leur fils mais, s'il ramenait à Giuliana la tête de l'assassin, peut-être parviendraient-ils à vivre à nouveau. Pour la première fois depuis la mort de Pippo, il sentit en lui une force chaude lui parcourir les veines. Il était maintenant parvenu sur l'avenue du port et roulait à tombeau ouvert. Une ardeur nouvelle l'animait. Il se sentait fort, et d'une volonté que rien ne pouvait détruire. Il allait être patient et brutal à la fois. Il allait être intelligent et féroce et il retrouverait l'assassin de son fils. Sa femme au beau visage endeuillé pourrait alors sourire à nouveau.

Quelques jours plus tard, Matteo entra dans un café de la via Roma et chercha des yeux parmi les clients déjà installés. Un homme d'une quarantaine d'années leva la main pour lui faire signe d'approcher. C'était l'inspecteur chargé de l'affaire. Trois jours auparavant, Matteo avait téléphoné au numéro que lui avait donné l'officier de police à l'époque de l'enquête et l'homme, d'une voix qui cachait mal une certaine fatigue, lui avait proposé ce rendez-vous.

Matteo aurait été incapable de le reconnaître – pourtant il l'avait déjà vu, s'était déjà entretenu avec lui mais c'était juste après la mort de Pippo, à l'époque où rien ne comptait, où aucun visage, aucune parole, aucune expérience ne laissait de trace en lui.

L'inspecteur commanda un second café. Il avait l'air fatigué et Matteo se demanda si c'était le reflet de son caractère ou parce qu'il redoutait cet entretien et n'avait qu'une hâte : en finir avec l'épreuve pénible d'avoir à dire à un père que personne ne saurait jamais qui avait assassiné son fils.

Matteo demanda d'une voix calme mais décidée si l'enquête avançait. L'inspecteur le regarda longuement avant de lui répondre. Il essayait d'évaluer, à la mine de son interlocuteur, s'il fallait employer avec cet homme des formules usuelles, mensongères mais apaisantes, et lui dire, par exemple, que tout suivait son cours, que cela prendrait du temps, bien sûr, mais que les assassins finissaient toujours par tomber, ou s'il pouvait lui parler franchement. Il choisit la deuxième solution, soit parce que sa fatigue était trop grande et l'empêchait, en ce jour, de mentir, soit parce qu'il avait vu dans les yeux de Matteo une détermination qui lui plaisait.

"Elle n'avancera pas, monsieur De Nittis, dit-il. Ce genre d'affaire n'avance jamais."

Matteo garda le silence et l'inspecteur sut qu'il avait fait le bon choix, que cet homme était prêt à entendre ce qu'il allait lui dire, que ce serait même un plus grand réconfort que toutes les formules déjà faites qu'il aurait pu trouver.

"Racontez-moi tout, demanda Matteo, tout ce que vous savez sur l'affaire." Il voulait que l'inspecteur sente à quel point il était décidé, à quel point les risques contre lesquels on aurait pu le mettre en garde ne lui faisaient pas peur. L'officier de police le fit de bonne grâce, en poussant préalablement un petit soupir de compassion face à ce père qui cherchait, dans les détails d'une enquête, des éléments pour combler une absence que rien ne pourrait soulager.

Deux familles se livraient une bataille féroce pour le contrôle de la ville. D'un côté ceux de Forcella, de l'autre le clan Secondigliano. Ces derniers, plus jeunes et plus violents, voulaient mettre la main sur les bastions traditionnels de la Camorra. Les semaines qui précédaient la mort de Pippo avaient déjà été émaillées de crimes et d'actes de violence. Le plus probable, selon l'inspecteur – mais c'était une théorie personnelle et rien de plus –, était que celui qui avait tiré en premier était un homme du clan Forcella. Il le savait parce que ce même jour, à Secondigliano, des hommes de Forcella avaient fait une descente dans un bar et tué deux hommes. Cela ressemblait donc fortement à une reprise en main. De plus, et c'était peut-être là l'élément le plus important, on avait retrouvé un corps près du port, dix jours après la fusillade, blessé à l'épaule et la tête éclatée d'une balle dans la bouche. L'homme appartenait au clan Secondigliano. Selon l'inspecteur, c'était lui, sans aucun doute, l'homme visé dans la fusillade du vicolo della Pace. Il n'avait été blessé qu'à l'épaule et avait réussi à se sauver dans le lacis des ruelles, mais, perdu dans ce quartier qui n'était pas le sien, les tueurs l'avaient retrouvé quelques heures plus tard et l'avaient achevé avec jubilation. Tout cela n'était que supposition bien sûr, en l'absence de témoin, il était impossible de construire le moindre dossier, mais c'était l'opinion que l'inspecteur s'était forgée.

"Donnez-moi un nom", demanda Matteo. Il bouillonnait d'une excitation nouvelle. Pendant tout le récit de l'officier de police, son pied n'avait pas cessé de battre sous la table.

L'inspecteur ne répondit pas. Il leva doucement les yeux sur son interlocuteur et lui demanda :

"Que voulez-vous, monsieur De Nittis ?"

Matteo hésita un temps. Il soupesa, à son tour, ce qu'il pouvait dire à cet homme et ce qu'il était préférable de taire. Serait-il capable de le comprendre ? Il lui sembla que oui, alors il répondit, les yeux brillants de rage :

"Retrouver l'homme qui a fait ça. Et lui faire payer.

— Pourquoi ?" demanda l'inspecteur, et Matteo comprit qu'il avait bien fait de lui parler franchement. Le policier ne s'était pas offusqué, il était probable qu'il avait senti depuis le début de l'entretien ce désir de vengeance et que cela, d'une certaine façon, lui rendait plus intéressant ce face-à-face. Il n'y avait rien qu'il redoutât plus qu'un père en larmes qui aurait passé deux heures à gémir en s'agrippant à sa veste. Là, au moins, ils parlaient entre hommes. "Pour que j'aie l'obligation de vous arrêter, reprit-il avec une certaine sympathie dans la voix, et que vous finissiez en prison, au milieu de ceux qui ont ruiné votre vie ? Vous valez mieux que cela, monsieur De Nittis.

— Non, coupa Matteo. Parce que ma femme me l'a demandé."

L'inspecteur marqua un temps d'arrêt. Il fallait bien avouer que cette réponse le sidérait. Il baissa les yeux pour ne pas laisser voir son trouble. Puis il se leva, sourit doucement et sans plus dire un mot s'en alla.

"Qu'y a-t-il ?" Matteo venait de rentrer. Il avait trouvé Giuliana pleurant debout dans la cuisine. A l'instant où il posa la question, il sentit qu'elle n'avait aucun sens. Il savait bien ce qu'il y avait et pourquoi elle pleurait. Quelques minutes plus tôt, elle préparait calmement le repas du soir. La table était mise. L'eau des pâtes commençait à frémir. Et, tout à coup, elle avait été comme happée. Plus rien alors n'avait existé autour d'elle que sa tristesse. C'était ainsi. Depuis la mort de Pippo, le désespoir les harcelait continuellement, les surprenant aux moments où ils s'y attendaient le moins. Il savait bien de quelle tristesse étaient ridés les yeux de sa femme.

"Qu'y a-t-il ?" Il ne put s'empêcher de poser à nouveau la question pour la faire sortir de son immobilité. Elle le regarda et sourit tristement. A cet instant, elle retrouvait son homme. La douceur avec laquelle il lui avait parlé, l'inquiétude qu'il avait dans les yeux lorsqu'il avait répété ces quelques mots, elle ne les lui connaissait plus depuis longtemps. Ils étaient déjà tellement devenus des ombres l'un pour l'autre que la simple attention avec laquelle il avait posé et répété sa question – ce mélange d'empressement inquiet et de douce sollicitude – la bouleversa. Elle sourit dans ses larmes. "Je n'en peux plus", dit-elle simplement.

Matteo s'assit, et lui prit la main. Il ne dit rien et elle lui en sut gré car aucun mot, à cet instant, n'aurait pu l'apaiser et elle aurait pris comme une torture la moindre tentative. Son silence lui fit du bien. Elle s'y lova avec précaution.

"Je voudrais que tu me le ramènes, Matteo, dit-elle avec une voix étrange, à la fois fluette et décidée. Pourquoi ne vas-tu pas le chercher ?"

Cette fois, sa voix se brisa dans un sanglot. Là encore, il ne dit rien, et elle le remercia en pensée de ne pas se moquer d'elle, de ne pas lui répondre qu'on ne pouvait pas, que c'était impossible – mais de la serrer simplement un peu plus fort dans ses bras. Elle venait de révéler à son mari ce qu'elle avait au plus profond d'elle, ce désir fou d'aller chercher son fils là où il était, pour qu'elle puisse, rien qu'une fois, le serrer à nouveau contre elle, s'emplir le visage de son odeur. "Ils nous ont tués, Matteo, ajouta-t-elle. La mort est là. En nous. Elle contamine tout. Nous l'avons au fond du ventre et elle n'en sortira plus."

"Je l'aurai", répondit alors Matteo avec une dureté nouvelle dans la voix. L'idée de la vengeance était revenue. Il n'était pas sûr que cela puisse l'apaiser mais il était certain que cette idée, du moins, les rapprochait. Il ne leur restait que cela, cette haine vorace à partager. "Je te jure, Giuliana. Je l'aurai" et ils fermèrent les yeux pour ne plus penser qu'à cette joie amère qu'ils espéraient avec douleur.

Quelque temps plus tard, il reçut une lettre. Lorsqu'il la trouva dans la boîte, il sut d'emblée qu'elle avait quelque chose d'anormal et, durant toute la montée des escaliers, il la manipula avec une sorte d'impatience et d'appréhension.

Il attendit d'être assis à la table de la cuisine pour l'ouvrir. L'enveloppe ne contenait rien d'autre qu'une photo. Ni carton, ni morceau de papier agrafé, aucune signature, rien que cette vieille photo aux coins élimés, un peu déchirée sur un bord, cette vieille photo en noir et blanc qui représentait un homme, en pied, fixant l'objectif avec un air débonnaire et provocateur. Le visage était entouré au stylo, un nom avait été ajouté : "Toto Cullaccio" et une adresse : "7, vicolo Giganti".

Matteo resta longtemps assis sur sa chaise, la photo entre les doigts. Il souriait. Il ne se posait plus la question de savoir qui lui avait envoyé cette lettre. Ce pouvait être n'importe qui, le policier qu'il avait vu, pris d'un subit remords, un voisin, un inconnu, n'importe qui. Il n'y pensait même plus. Il regardait la photo et il était évident qu'il avait sous les yeux le visage de l'assassin de son fils. Il n'avait pas besoin que l'expéditeur ait laissé un mot pour le comprendre. Toto Cullaccio. C'était donc lui. Il ne restait plus qu'à le trouver et à lui ouvrir le ventre.

Lorsqu'il quitta l'appartement, il laissa préalablement la photo sur la table de la cuisine. Il était décidé à passer la journée dehors. Il voulait que Giuliana la trouve là, dans le silence de l'appartement, qu'elle ait tout le temps et le loisir de se recueillir sur son désir de vengeance.

Il marcha en direction du marché de Forcella. Il avait le nom du tueur sur le bout des lèvres et cela le faisait sourire. Lorsqu'il plongea dans la foule épaisse des ruelles, il sentit Naples crier et suer à ses côtés. Sur le marché de Forcella, la foule était déjà dense et les trottoirs encombrés de dizaines d'échoppes. Les Napolitains vendaient du poisson, des fruits et légumes, de la vaisselle ou des vêtements. Plus loin des Asiatiques vendaient des jouets ou des chaussures – sandales en tout genre et de toutes les couleurs –, plus loin encore des Noirs poussaient d'énormes tables roulantes couvertes de maillots de bain et de tee-shirts. Au sol, çà et là, quelques vendeurs à la sauvette exposaient des collections de faux sacs, de fausses lunettes. Les plus pauvres, des Pakistanais peut-être, disposaient au sol des affiches, posters de chatons ou de dauphins, photos de stars américaines ou de footballeurs italiens. On trouvait de tout. Les gens du quartier venaient ici pour acheter à manger, pour s'habiller, pour flâner, pour payer leurs dettes, pour offrir leurs bras. Matteo marchait dans cet entremêlement confus de tréteaux, pensant sans cesse à cet homme qui était là, sûrement, dans ces ruelles. Ils venaient peut-être de se croiser. Ils entendaient peut-être, à l'instant, le même marchand vanter la fraîcheur de sa viande en s'époumonant.

Toto Cullaccio. Matteo était plein de l'ivresse de ce nom. Toto Cullaccio. Il aurait pu le crier à tue-tête, mais il le faisait résonner dans sa tête avec gourmandise.

Le soir, lorsqu'il entra dans l'appartement, Giuliana était dans la cuisine. Il l'y rejoignit. Elle avait dressé la table. La photo était toujours là, bien en évidence. Elle l'avait vue, elle l'avait prise dans ses doigts et détaillée avec rage. Elle avait compris, comme lui, qui était cet homme, puis elle l'avait reposée sur la table en attendant le retour de Matteo pour qu'ils partagent ensemble cette victoire.

Quand il entra dans la cuisine, il fut sur le point de lui demander si elle avait regardé la photo, mais elle le devança et dit d'une voix qui le fit presque sursauter :
"Je ne veux jamais t'entendre prononcer son nom dans cette maison."
Elle avait les yeux plongés dans les siens. Elle était immobile et droite comme une patricienne devant le danger.
"Ce soir, j'y vais", dit-il.
Elle le regarda avec attention, comme pour vérifier qu'il parlait bien de ce qu'elle imaginait. Elle ne lui demanda pas de répéter. Elle avait lu dans ses yeux la confirmation de ce qu'elle attendait.
"Lorsque tu rentreras, je laverai ton linge sali par son sang", répondit-elle simplement.
Il la regarda sans rien dire, puis il alla chercher dans l'armoire un vieux pistolet que lui avait légué son oncle, le chargea et le mit dans sa poche. Elle l'observait avec calme et gratitude. Cette vengeance était, pour l'heure, le seul visage que pouvait prendre leur amour. Elle le remerciait pour

le courage qu'il allait avoir, pour accepter d'être, pendant quelques instants, un tueur dans les rues, un poing qui serre une arme et ne flanche pas. Elle le remerciait pour ce meurtre à venir car c'était dire qu'il croyait encore en elle, Giuliana, et qu'il avait accepté de porter également sa colère.

VI

LE BAISER DE GRACE
(août 2002)

Je redescends dans les boyaux de la ville. Je n'ai plus peur maintenant. Naples est là, à mes pieds, et elle me cachera. Je peux prendre tout mon temps. Toto Cullaccio doit encore hurler dans le cimetière. Il me semble l'entendre. Je l'imagine, brandissant ses moignons au ciel. Le sang coule le long de ses manches. Il fait fuir les chats, les rats et les nuages. Ma belle victoire de sang. Mon horreur défigurée. Je suis heureux. J'ai pris deux doigts avec moi. Je n'avais pas prévu de le faire mais il faut que je montre ce que j'ai accompli. Un doigt pour Grace et l'autre pour mon père.

Je descends avec douceur dans l'air du soir, laissant derrière moi Cullaccio se contorsionner comme une bête à trois pattes qui ne sait plus marcher. Il ressemble à mes nuits. Toutes ces nuits que j'ai passées à lutter contre des créatures sauvages qui me griffaient l'esprit et essayaient de m'engloutir. Il a le visage monstrueux de ces ombres. Cela fait vingt ans que des grimaces me poursuivent dans mon sommeil. Je n'ai pas tremblé lorsque j'ai vu la face de Cullaccio défigurée par la douleur, parce que je suis habitué. J'ai vu des ombres plus tourmentées. Je viens d'un endroit où les cris de Cullaccio ne s'entendraient même pas. Il y avait là-bas tant de gémissements et de lamentations, tant de laideur et de crainte, que j'en tremble encore.

Naples me paraît calme. Une belle ville endormie qui tangue légèrement au rythme des barques. Il n'y a plus rien qui m'effraie. Je me sens serein. La police ne me trouvera pas, ni les hommes de Cullaccio. Je vais me fondre dans les ruelles comme un chat qui glisse le long des façades, en silence. Je suis heureux de ne pas avoir tué Cullaccio. Il va descendre aux Enfers comme un paralytique, d'un pas hésitant, tremblant comme un vieillard, les plaies de ses mains à peine cicatrisées. Il va plonger là-bas avec la marque de ma vengeance et ce sera dire à tous qu'il est à moi, que j'en ai fait mon monstre.

La voiture file le long des avenues, descendant vers le port. Je respire avec calme. Je veux saluer Grace une dernière fois avant de partir. Je ne peux pas repasser au café pour embrasser mon père – celui qui vit encore – parce que je risquerais de le compromettre. Mais Grace, je peux. Je sais où la trouver. Les rues de Naples s'ouvrent pour moi, avec douceur, comme une forêt magique dont les arbres se pousseraient pour me laisser passer.

Elle est là, devant moi. Je n'ai eu aucun mal à la trouver, sur la piazza del Carmine, comme à son habitude. Je la regarde avec tendresse. Grace. Ma tante aimante et fatiguée. Grace, ma mère timide au visage usé. Ses lèvres commencent à pendre un peu. Elle se maquille à outrance. Vingt ans qu'elle vit sur le trottoir. Vingt ans qu'elle connaît la viscosité de Naples et tous ses cris étouffés. Ils l'ont insultée. Ils se sont moqués d'elle, de ses épaules trop carrées, de sa voix trop grave, de sa démarche pesante et de ses larges mains, mais ils l'ont gardée à leur côté. Ils l'ont même payée pour obtenir d'elle un peu d'amour, malgré le dégoût qu'ils en avaient, soi-disant. Et Grace souriait. Vingt ans qu'elle sourit tristement. Ils ne l'avoueront jamais, mais elle est là et ils l'aiment. Elle les connaît, elle vieillit sans les abandonner. Jusqu'à quel âge, Grace, seras-tu la Vierge noire du port ? Te verra-t-on, un jour, marcher peureusement, le dos voûté, comme une vieille ? Les années ont passé. Tu reviens toujours, avec ton maquillage et tes airs de diva fatiguée. Grace.

Je suis devant elle. Elle me fait signe de venir un peu à l'écart pour que nous puissions discuter tranquillement. Elle m'embrasse comme on embrasse un enfant. Je suis son fils qui ne lui ressemblera jamais. Son fils qu'elle n'aurait jamais eu. "Qu'y a-t-il ?" demande-t-elle. Je réponds que je vais partir, avec une voix calme. Elle a l'air étonnée mais ne pose aucune question. "J'ai commencé", dis-je alors. "Quoi ?" me demande-t-elle avec une douce curiosité comme si j'allais lui parler d'un projet d'enfant. "A me venger", dis-je, et je sors de ma poche un doigt de Cullaccio. Regarde, Grace. C'est le doigt avec lequel il a tiré. Cela faisait vingt ans qu'il vivait impuni. C'est fini maintenant. Il se tord dans la douleur et aboie comme un chien. "Qu'est-ce que tu as fait ?" demande-t-elle et la peur tout à coup envahit son regard. "Je vais partir." Je lui ai répondu et j'ai laissé tomber le doigt par terre. Je ne l'ai pas apporté pour qu'elle le garde. Ce n'est pas une relique. Je voulais juste qu'elle le voie. Je l'ai laissé tomber à terre, sur le trottoir, comme un bout de papier ou un détritus. Que Toto Cullaccio soit dispersé, cela me va. Que ses restes nourrissent les pigeons de la ville ou les rats. "Où vas-tu ?" demande Grace en me prenant la main. Je la regarde avec étonnement. Je pensais qu'elle aurait deviné. "Chercher mon père", dis-je. Elle me fixe avec sérieux. Et elle dit cette phrase qui me surprend : "Tu n'y arriveras pas. Ces choses-là ne se font pas deux fois."

Je sais qu'elle ne m'empêchera pas de partir. Je sais qu'elle ne tentera rien pour s'opposer à mon désir mais je suis surpris de voir qu'elle est contre. Je pensais qu'elle me féliciterait d'avoir enfin la force de ce voyage. J'ai mis vingt ans à avoir ce courage. Il n'y a plus rien à dire. Je l'embrasse. Doucement. Je veux qu'elle sente la douceur que je mets dans ce geste car c'est façon, pour moi, de lui dire que je l'aime. Grace. La maîtresse du port. La femme de tous les crasseux qui pissent, les nuits d'été, en riant sur leur pauvre vie.

"Il y a une autre personne qui vit aux Enfers depuis vingt ans." Elle dit cela à l'instant où nos joues se touchent. Sa voix est suave et m'entre dans la tête. Je recule. Je suis surpris. Qui ? "Ta mère", répond-elle, sans sourire, sans expression autre qu'un grand calme qui enveloppe tout. Je la regarde. Elle me fait face. Elle ne baisse pas les yeux. Elle attend que je réponde. Je souris. "Je n'ai pas d'autre mère que toi", dis-je. Et je tourne les talons.

VII

LE CAFÉ DE GARIBALDO

(septembre 1980)

"Il n'est pas question de rentrer", pensa Matteo en revenant tristement sur ses pas.

Il se sentait vide et exténué. "Je suis un lâche, murmura-t-il en regardant le sol, un lâche et rien ne me sauvera." Quelques minutes plus tôt il avait pointé son arme sur le visage d'un homme. Quelques minutes plus tôt, le temps s'était suspendu, puis, sans qu'il sache pourquoi, il avait baissé le bras et l'homme s'était enfui, disparaissant au coin de la rue avec la rapidité des chats qui déguerpissent au bruit d'un pétard.

Il se serait volontiers assis sur un banc ou sur les marches d'une église pour laisser le temps s'écouler, pour pouvoir attendre sans rien faire, que les forces reviennent, qu'il se pardonne à lui-même, que ce sentiment poisseux de honte s'éloigne un peu de lui, mais il se mit à pleuvoir et il fallut bien qu'il trouve un endroit où s'abriter. "Je vais rouler jusqu'à ce que je n'aie plus une goutte d'essence", pensa-t-il et il accéléra le pas pour rejoindre l'endroit où il avait garé sa voiture.

Cette nuit-là, il glissa sur Naples, prenant au hasard les rues qui se présentaient à lui, sans essayer de savoir où il était, où menait l'avenue sur laquelle il roulait, découvrant subitement un monument ou une place qu'il connaissait parfaitement mais qu'il ne s'attendait pas à voir surgir de la sorte, pensant qu'il était à un autre endroit de la ville. Il roula et la ville n'était plus qu'une succession de feux rouges, puis verts, puis rouges à nouveau.

A un moment de la nuit, sans l'avoir particulièrement cherché, il déboucha sur le port. Cela lui plut. Les avenues, ici, avaient la même tristesse silencieuse que lui. Il n'y avait plus ni promeneurs, ni commerces. Il baissa la vitre pour respirer l'air salé du lointain. La voiture ronronnait, attendant que le feu passe au vert. Il coupa le moteur. Il n'y avait aucune voiture à l'horizon et il voulait entendre le bruit de la nuit autour de lui.

C'est alors qu'une femme surgit. Il ne la vit pas venir. Elle était sortie de nulle part, haletante. Elle s'accouda à la portière. Le temps d'une seconde, il crut qu'elle allait lui proposer une passe : elle avait les yeux fardés et les lèvres faites. Malgré la douceur du soir, elle portait un grand manteau rouge avec un col en fausse fourrure. Il leva la main pour faire un petit signe de refus mais elle ne le laissa pas parler. Elle dit, avec une voix qu'il trouva anormalement grave :

"A l'église Santa Maria del Purgatorio, s'il vous plaît… Spaccanapoli."

Il allait dire qu'il y avait erreur, qu'il ne travaillait pas, qu'elle allait devoir se trouver une autre voiture parce que lui, cette nuit, n'avait rien à foutre des clients, rien à foutre des gens pressés d'arriver quelque part, rien à foutre des églises et de la vie du monde qui suit son cours, mais là encore elle le devança. Elle ajouta avec une sorte d'urgence nerveuse dans la voix :

"Dépêchez-vous, je dois me confesser."

Cela le laissa sans voix. Il devait être quatre heures du matin. Ils étaient tous les deux au milieu d'un quartier laid comme un cadavre de chien sur le bord d'une route et elle parlait d'église et de confession avec un air de petit garçon pressé d'aller faire pipi, comme si les mots s'étaient agglutinés sur le bord de ses lèvres et menaçaient, à tout moment, de jaillir.

Pendant qu'il restait ainsi, stupéfié par son apparition, elle avait déjà ouvert la porte arrière et s'était installée dans la voiture. Alors, plutôt que de se battre pour la faire sortir, plutôt que d'avoir à parler pour expliquer qu'il ne l'emmènerait nulle part parce que ce soir il était tout sauf un taxi, plutôt que de faire tout cela, il se cala dans son fauteuil et démarra.

Tandis qu'ils roulaient en silence, Matteo lançait, de temps en temps, de petits regards furtifs à travers le rétroviseur. Il y avait quelque chose en elle qui lui semblait anormal mais, n'arrivant pas à nommer cette étrangeté, il tournait autour comme un chat autour d'un mets à l'odeur inconnue.

Elle avait ouvert son sac et se remaquillait. En la regardant avec plus d'attention, Matteo ne tarda pas à voir qu'elle essayait d'effacer des traces de sang qu'elle avait au coin de la bouche et de faire disparaître sous une couche de fond de teint un hématome qui lui violaçait une partie du front. Il ne posa aucune question. Cela ne l'intéressait pas. Il ne sentait aucun danger, aucune menace, c'était la seule chose qui lui importait, pour le reste, elle pouvait bien s'être battue comme une chiffonnière avec qui elle voulait, il s'en moquait.

Lorsqu'il arriva devant l'église et qu'il coupa le moteur, elle s'approcha du siège avant et se mit à parler avec un ton plein de sollicitude. Sa voix grave le surprit à nouveau. Il sentait son souffle sur son épaule et il comprenait, au ton qu'elle adoptait, qu'elle voulait être aimable et plaisante :

"J'ai un petit problème", dit-elle.

Il leva les yeux et la regarda dans le rétroviseur sans dire un mot. Elle sourit avec un air embêté.

"Je n'ai pas d'argent sur moi."

Il ne répondit rien. Tout cela lui pesait. C'était dérisoire. Il se moquait totalement de la somme qu'elle lui devait mais elle prit ce silence pour de la colère et elle se pressa d'ajouter :

"Voilà ce que je vous propose : je vais me confesser…

— A cette heure-ci ? coupa Matteo.

— Oui, oui, ne vous inquiétez pas, c'est convenu comme ça… Donc, j'entre dans l'église et pendant ce temps vous allez boire un verre en face. Quand j'aurai fini, ce que vous aurez bu sera pour moi."

Matteo tourna la tête. En face de l'église, effectivement, le trottoir était couvert par des arcades qui formaient une sorte de petite rue piétonne. Là se succédaient quelques commerces : un vendeur de légumes, un tailleur. Il fut surpris de voir qu'il y avait également un petit bar et que, malgré l'heure tardive, l'intérieur semblait éclairé.

"Là ? demanda-t-il.

— Oui. Je connais le patron. Il mettra tout sur mon ardoise. Ça vous va ?"

Matteo ne répondit pas mais il serra le frein à main. Il ne savait pas très bien pourquoi il faisait tout cela. Ce n'était pas pour récupérer l'argent qu'elle lui devait. Peut-être juste pour passer le temps, parce qu'il avait très envie de boire et qu'il n'avait pas la force de rentrer chez lui.

Ils descendirent tous deux de la voiture. Il la regarda monter les marches de l'église et frapper à la lourde porte en bronze. Un temps infini s'écoula. Il sourit. Tout cela était ridicule. Se confesser à une heure pareille. Il fut sur le point de retourner dans la voiture pour la laisser à son mensonge et lui montrer qu'il ne voulait pas de son argent, mais tout à coup, à sa grande surprise, la porte s'entrebâilla et la silhouette de la femme disparut avec un petit bruit nerveux de talons aiguilles sur le marbre. Alors, plutôt que de remonter dans sa voiture, plutôt que de tourner encore dans la ville pendant des heures, il décida de s'en tenir à ce qu'ils avaient dit et poussa la porte du café qui fit, en s'ouvrant, le bruit traînant d'un vieux chien qui bâille.

Le café était vide. Ou presque. En entrant, Matteo ne vit qu'un seul client, assis à une table du fond. C'était un homme d'une cinquantaine d'années, bien en chair, chauve, dont il ne put discerner les traits car il était penché sur un tas de papiers qu'il consultait avec une extrême concentration. Sa table était couverte de feuilles, de dossiers, de stylos et de coupures de journaux. Au comptoir, un homme grand à l'air fatigué essuyait avec lenteur des verres à moitié propres.

"Qu'est-ce que je vous sers ? demanda le patron.

— Un verre de blanc", répondit Matteo en se demandant pourquoi l'homme ne fermait pas son café. Il était quatre heures du matin. Il n'avait qu'un seul client, deux maintenant, mais rien qui justifiât de laisser ouvert son établissement. "Le monde est étrange", pensa Matteo sans plus s'interroger sur les raisons de cette ouverture tardive. Il but son verre. Puis il en commanda un second. Il but pour ne penser à rien et personne, autour de lui, ne rompit ce silence installé ici depuis si longtemps qu'on avait l'impression de le voir flotter dans l'air comme des nappes de poussière.

Lorsque, près d'une heure plus tard, la porte s'ouvrit, il sursauta. La femme qu'il avait déposée sur le parvis de l'église venait d'entrer. Il l'avait totalement oubliée et fut surpris de la chaleur avec laquelle elle se dirigea droit sur lui.

"Vous êtes là !"

Elle fit un signe de la tête au patron pour le saluer et lui dit, avec une voix tonitruante :

"Garibaldo, tout ce que le monsieur a bu et boira cette nuit est pour moi."

Puis elle s'approcha de Matteo jusqu'à être à moins d'un mètre et lui tendit la main :

"Je ne me suis même pas présentée : Graziella. Mais je préfère qu'on m'appelle «Grace», à l'américaine, c'est plus chic."

Et elle partit d'un grand rire bruyant tout en serrant la main de Matteo. C'est à cet instant qu'il comprit : ce qui l'avait intrigué dans la voiture, ce qui lui avait échappé et qu'il n'avait pas réussi à nommer était là, maintenant, évident. "C'est un homme !" se dit-il. Cela expliquait sa voix grave, son visage épais, sa carrure imposante et l'outrance avec laquelle elle faisait des gestes de femme.

"Matteo, répondit-il laconiquement pour ne pas être grossier, puis il baissa la tête, en espérant qu'elle allait boire à son tour et qu'il pourrait retourner à son silence.

— Don Mazerotti est un saint, dit-elle et Matteo comprit qu'il ne pourrait avoir la paix et qu'à moins de sortir, il allait devoir parler.

— S'il vous a confessée en pleine nuit, ça doit en être un ! murmura-t-il sans trop y croire.

— Exactement ! renchérit la créature qui venait de sortir un peigne de son sac et entreprenait de réajuster quelques mèches. Vous savez que c'est le seul, le seul de tout Naples à nous recevoir sans problème."

Matteo ne savait pas ce qu'elle entendait par ce "nous" mais il préféra ne pas poser la question.

"Si vous saviez de combien d'églises on m'a foutue dehors en me traitant de dépravée. Lui non.

Jamais. Ça lui cause des problèmes d'ailleurs. Ils veulent le chasser de son église. C'est pour ça qu'il se barricade. Mais on est là, nous, on ne le laisse pas tomber, pas vrai Garibaldo ?"

Elle fit un petit signe de connivence en direction du patron qui répondit avec un air mi-amusé, mi-fatigué :

"C'est vrai, Grace. On ne laisse pas tomber un homme comme don Mazerotti."

Elle parla encore beaucoup, de beaucoup de choses différentes, demandant régulièrement son avis au patron, buvant les verres qu'on lui servait et faisant signe qu'on les remplisse lorsqu'ils étaient vides. Elle parla de cette ville qui était toujours plus laide, des rencontres nocturnes qui amenaient parfois à faire des choses étranges et qui vous mettaient au fond du ventre une envie irrépressible de vous confesser. Elle parla, parla, et Matteo but avec elle. Lorsqu'elle vit que Matteo commençait à se laisser gagner par la fatigue et que sa tête semblait attirée vers le zinc du comptoir, elle s'enhardit et lui lança :

"Toi, tu as besoin d'un café, d'un vrai. Un de ceux qui remettent à l'endroit. Est-ce que tu sais que Garibaldo a le don de faire n'importe quel café ?"

Il la regarda sans comprendre. Elle expliqua alors ce qu'elle entendait par là : Garibaldo pouvait faire ce qu'il voulait avec le café. Personne ne savait ce qu'il mettait dedans, à quels ingrédients il avait recours, mais il avait le don de savoir épicer son breuvage en fonction de la demande du client. Ces cafés-là, le patron allait les faire dans l'arrière-boutique. Il avait aménagé un percolateur spécial, entouré probablement d'une multitude de boîtes contenant des épices et des ingrédients en tout genre : poivre, cumin, fleur d'oranger, grappa, citron, vin, vinaigre, piment en poudre. Il procédait à l'élaboration de sa mixture et cela ne prenait jamais plus de temps qu'il n'en aurait fallu pour un café normal. Aucun client ne s'était jamais plaint. L'effet espéré était toujours au rendez-vous. On pouvait tout demander : des cafés pour ne pas dormir trois nuits d'affilée ou pour avoir la force de deux hommes, des cafés langoureux, aphrodisiaques… Il n'y avait qu'une seule règle : celui qui le demandait était celui qui le buvait. Garibaldo ne voulait pas se transformer en empoisonneur.

Grace conclut son histoire en disant, avec un air triomphant : "C'est ici que je viendrai prendre un dernier café quand je sentirai la mort venir…"

"Elle ne viendra pas. Elle est déjà là…"

La voix qui venait de retentir les fit sursauter tous les trois. C'était l'homme assis à la table du fond qui venait de lever la tête de ses papiers. Son intervention jeta dans la salle un certain embarras.

"Pardon ?" demanda Grace un peu interloquée et, en se retournant, elle fit un clin d'œil à Matteo et Garibaldo en murmurant : "Je crois qu'on a réveillé Provolone !" Les deux hommes eurent du mal à ne pas sourire tant il était vrai qu'avec sa grosse tête chauve sans cou, l'homme assis à la table du fond ressemblait effectivement à ces gros fromages en forme d'épais boudin que l'on débitait joyeusement dans les épiceries de toute la ville.

Mais l'inconnu continuait :

"Vous ne la sentez pas, là, la mort ? Elle est autour de nous. Elle nous enveloppe et personne ne peut s'en défaire.

— Vous êtes un spécialiste ? demanda Matteo avec l'accent un peu énervé de ceux qui parlent alors qu'ils veulent être seuls.

— En quelque sorte, répondit l'homme en réajustant sa veste. Je suis un disciple de Bartolomeo d'Antiochia.

— De qui ? demanda Garibaldo.

— L'archevêque Bartolomeo d'Antiochia, répondit l'homme, mort en 1311 à Palerme.

— Et il vous parle la nuit ? demanda Grace avec méchanceté.

— Non, répondit l'autre très calmement. Il est enterré dans la crypte de la cathédrale de Palerme. Un beau catafalque. Etonnant. C'est là que j'ai eu la révélation, à l'âge de trente-cinq ans. Je contemplais cette tombe, rangée parmi une dizaine d'autres comme des boîtes de marbre inutiles, et mon regard fut attiré par les sculptures qui l'ornent. A chaque coin du catafalque ont été gravés des visages et, sur le côté du tombeau, une porte. Chaque battant est décoré avec deux têtes de bélier. Mais il y a une particularité étonnante… La porte gravée sur le tombeau est entrebâillée. Cela m'a stupéfié. Comme si le défunt nous disait que le chemin vers l'Au-Delà est entrouvert. Je me suis hâté de lire les écrits de Bartolomeo d'Antiochia et c'est lui qui m'a ouvert les yeux : les deux mondes sont perméables… Cela a été une révélation… Durant toutes les années qui ont suivi, j'ai étudié la question. J'ai analysé les textes. D'Orphée à Thésée. D'Alexandre le Grand à Ulysse… Croyez-moi… J'ai fouillé dans les moindres recoins des bibliothèques de Palerme et de Bari, trouvant des livres qui n'avaient pas été ouverts depuis des siècles. Absolument. Rien ne m'a échappé. J'ai parcouru l'Italie, Naples, Palerme, Lecce, Matera. J'ai écrit des centaines de pages. Mais personne ne m'a lu. On m'a pris pour un fou. Partout où j'ai été, c'était le même regard un peu moqueur, un peu gêné. Le doyen de l'université de Lecce lui-même m'a convoqué dans son bureau pour me dire que mon travail était une insulte à la démarche scientifique, absolument, et qu'il se faisait fort de ruiner tous mes espoirs de carrière dans les universités de la région. Pour eux, j'ai toujours été un fabulateur. Et c'était bien avant qu'on ne me retrouve dans les jardins du port, le pantalon sur les genoux, si vous me permettez l'expression, avec un délicieux garçon de quinze ans. Mais peu importe. J'ai persévéré. Je sais ce que j'ai lu. Je n'ai rien inventé.

—— Et alors ?" interrompit Matteo qui s'impatientait.

Le *professore* prit le temps de répondre. Il ne voulait pas se laisser brusquer par la mauvaise humeur de son interlocuteur.

"Saviez-vous, dit-il, que Frédéric II avait fait la guerre à la mort ?... Non ?... Cela ne m'étonne pas. Tout le monde l'ignore. Absolument. Il est descendu dans les terres d'En-Bas, avec son armée. Il est entré par le passage de l'abbaye de Càlena, dans le Gargano, une nuit de l'été 1221, avec trente mille homme à sa suite. La descente a duré cinq heures. Je le sais, moi. Je l'ai lu. Cinq longues heures pendant lesquelles les soldats disparaissaient derrière les gros murs d'enceinte de l'abbaye et ne réapparaissaient pas. Il a livré bataille. Avec acharnement. Il voulait tuer la mort. C'est pour cela que, bien plus tard, il a fait construire le château de Castel del Monte. Un édifice octogonal qui domine la campagne et la mer. Castel del Monte, son tombeau pour l'éternité. Il l'a voulu imprenable. Et la mort ne l'a pas trouvé. Elle n'a jamais pu le dévorer. On dit qu'on peut le voir encore, par certaines nuits d'été, plonger dans les eaux, au milieu de la baie de Peschici ou au large des côtes de Trani, avec tous ses guerriers apprêtés à sa suite. Il poursuit son combat."

Tout le monde avait écouté avec une sorte de fascination d'enfant.

"Je n'avais jamais entendu une chose pareille, murmura Grace.

— C'est pour cela qu'ils l'ont excommunié. poursuivit le *professore*. En 1245. Le pape Innocent IV a préféré écarter cet homme de la chrétienté et en faire aux yeux de tous un illuminé.

— Et vous, demanda Matteo, vous savez des choses que l'on ignore ?"

Il avait posé la question avec une franchise d'enfant, désireux d'apprendre quelque chose qui peut-être le soulagerait dans sa peine.

"Je sais que la mort nous mange le cœur, répondit le *professore* en fixant Matteo droit dans les yeux. Absolument. Je sais qu'elle se loge en nous et ne cesse de croître tout au long de notre vie."

Matteo eut l'impression que le *professore* parlait de lui. Il secoua la tête comme un cheval fatigué. "Vous avez raison", dit-il. Tout lui revenait. La fatigue. Le poids du deuil. Il voulait se débarrasser de tout cela, ne serait-ce qu'un instant, comme on pose à terre un lourd manteau de souffrance. Alors, sans qu'il sache très bien pourquoi, il se mit à parler. D'une seule traite. Sans lever les yeux du sol. Les trois hommes, dans le café, firent silence et personne ne l'interrompit. Il parla pour se vider de la lave qui lui brûlait l'âme.

"J'aurais dû tuer un homme aujourd'hui, dit-il. Toto Cullaccio. Je l'ai tenu en joue. Il était là, au bout du canon de mon arme, et j'ai baissé le bras. Je ne sais pas pourquoi. C'est pourtant l'homme qui a assassiné mon fils. Un petit garçon de six ans, mort dans mes bras sans que je puisse lui dire un mot. Quand je pense à mon fils, à sa vie coupée, quand je pense à la mienne qui va s'étirer avec inutilité, je ne comprends pas ce que tout cela signifie. Le monde est petit et je vais me cogner contre des parois qui me déchireront les chairs. Alors il a bien fait, votre Frédéric II. Et tant pis pour l'excommunication. Qu'est-ce que vous voulez que ça fasse ? Il n'y a rien à redouter de nulle part. Le ciel. Le pape. Rien. Vous savez pourquoi ? Parce que le ciel est vide et que tout est sens dessus dessous. J'ai espéré, moi, le châtiment pour les assassins et le paradis pour les innocents. Vous pouvez me croire. J'ai espéré. De toute mon âme. Mais les hommes saccagent tout et ils n'ont rien à craindre. C'est ainsi que va le monde. Vous savez ce qu'il nous reste ?"

Il se tourna vers Garibaldo et Graziella, comme s'il voulait prendre l'avis de tous, mais, comme personne ne répondait, il poursuivit : "Il ne nous reste qu'une chose. Notre courage ou notre lâcheté. Rien d'autre."

Puis, sans attendre aucune réponse à ce qu'il venait de dire, avec la brusquerie de celui qui regrette de s'être tant livré, il salua ceux qui l'entouraient d'un geste de la tête et sortit.

VIII

LA NUIT DE GIULIANA

(septembre 1980)

Lorsqu'il arriva chez lui et poussa la porte, Matteo sut d'emblée que Giuliana l'attendait, malgré l'heure tardive. Il entra dans l'appartement. Elle était là, comme il se l'était imaginée, assise à la table du salon. Le temps, pour elle, s'était écoulé avec une horrible lenteur. Elle s'était demandé ce qu'il se passait. Elle avait essayé d'imaginer la scène du meurtre, l'instant où Matteo tirait. Puis elle avait commencé à s'inquiéter. Il ne rentrait toujours pas. Peut-être lui était-il arrivé quelque chose ? Elle ne pouvait rien faire d'autre qu'attendre. Que le jour se lève. Que son homme rentre ou que quelque chose advienne. Le téléphone qui sonne ou la police qui frappe à la porte. Elle finit par se résigner et s'assit à la table en se promettant de n'en plus bouger jusqu'à ce qu'il se passe quelque chose.

Lorsqu'elle entendit les clefs tourner dans la serrure, elle sourit mais ne bougea pas. Elle avait hâte de le voir, hâte qu'il lui raconte tout, hâte de l'étreindre et de panser ses blessures avec le bonheur de la vengeance consommée. Mais, dès qu'elle le vit, elle blêmit. Il était devant elle et sa chemise n'était tachée d'aucun sang. Elle sut d'emblée, à son air embarrassé, qu'il ne s'était rien passé mais elle ne put s'empêcher de poser la question :

"Alors ? demanda-t-elle.

— Rien", répondit Matteo en baissant les yeux. Le malaise s'installa. Il savait ce qu'elle pensait. Que ça n'était pas une réponse. Que ça n'était pas cela qu'elle attendait de lui. Qu'elle n'avait rien à faire d'un homme dont le courage se limitait à disparaître durant des heures et à revenir ensuite, penaud et fatigué. La rage qu'elle avait en elle ne pouvait se satisfaire de cela.

Elle serrait les mâchoires. Plus le silence se prolongeait et plus Matteo se sentait lâche. Alors, pour dire quelque chose, pour qu'elle le regarde avec des yeux autres que de reproche, il lui demanda avec une voix d'enfant :

"Tu savais que Frédéric II avait été excommunié ?"

Elle resta interdite, les lèvres entrouvertes. Ses yeux n'exprimaient plus ni colère ni consternation. Elle mesurait simplement, à cet instant, qu'elle était face à un étranger et qu'ils étaient infiniment loin l'un de l'autre. Elle répondit "non", presque malgré elle. Non. Elle ne savait pas. Elle n'avait même jamais pensé qu'ils puissent un jour parler de cela. Et probablement ne voulait-elle rien savoir de Frédéric II et du pape, parce que tout ce qui l'occupait, en cette nuit nauséeuse de tristesse, c'était de savoir si elle aurait un jour la tête de l'homme qui lui avait enlevé son fils, si son mari aurait la force de revenir un soir à la maison un peu plus pâle que les autres soirs, encore haletant d'une longue course à travers les ruelles du quartier, avec sur sa chemise le sang du meurtrier. Il n'y avait de place que pour cela en elle. Il le comprit à l'instant où elle prononça ce "non". Il sut qu'il ne pourrait rien lui raconter des heures étranges qu'il avait passées dans ce café en compagnie de ces trois hommes avec qui il avait partagé un moment qu'il avait du mal à définir, mais qui, à bien y réfléchir, était peut-être une sorte de bonheur, ou du moins le repos qu'il avait vainement recherché durant ces mois d'abattement et de deuil. Il avait été bien, apaisé et oublieux de lui-même. Il aurait aimé le raconter à Giuliana, mais il se tut. Elle aurait ri. Ou l'aurait giflé.

D'un coup Giuliana se leva. Elle allait et venait d'une pièce à l'autre, sans empressement ni émotion, avec juste la détermination résignée qui donnait à chaque geste qu'elle faisait le poids de la volonté.

"Giuliana", dit-il en l'appelant doucement car sa froideur lui faisait peur.

Elle s'arrêta entre deux chambres et lui dit :

"J'aurais lavé ta chemise. Je voulais que l'eau de la baignoire soit rouge de sang pour pouvoir tremper mes mains dedans. Mais tu n'as rien fait, Matteo. Tu reviens ici et tu n'as rien apporté avec toi."

Il savait bien qu'il n'y avait rien à répondre. Il avait promis de tuer un homme et ne l'avait pas fait. Mais il ne voulait pas qu'elle le regarde ainsi, avec cet air de dégoût révulsé.

"Giuliana", répéta-t-il pour lui dire de venir, que tout pouvait encore continuer, qu'il trouverait un moyen. Elle ne le laissa pas la regarder avec tendresse. Elle dit d'une voix dure :

"Il y aura ça entre nous, Matteo. Jusqu'au bout de notre vie. Ce que tu n'as pas fait."

Puis, sans hésiter, elle alla dans la chambre à coucher et tira de dessous le lit une valise – celle avec laquelle, dix ans plus tôt, ils avaient fait leur voyage de noces à Sorrente. Matteo la suivit du regard avec tristesse. Elle prit du linge, quelques bijoux, des choses dans la cuisine et quelques objets dans la chambre de Pippo mais il ne sut pas lesquels parce qu'il n'eut pas la force de la suivre jusque-là. Il ne lui fallut pas plus de vingt minutes pour réunir les affaires de sa vie.

Elle partait. Parce qu'à l'instant où il avait poussé la porte avec sur le visage cette fatigue résignée, elle avait vu, avec certitude, qu'il n'y avait plus rien ici, dans cet appartement et en eux, sur quoi il vaille de se pencher. Elle n'en voulait pas à Matteo. Qu'y pouvait-il ? Il était temps de partir et c'était tout. Il n'y avait rien à dire. Lui faire des reproches n'avait aucun sens. Ils ne pouvaient plus rien l'un pour l'autre, que s'écorcher de leur présence commune, de leurs souvenirs douloureux et de leurs pleurs secrets.

En une demi-heure, elle fut prête. La valise à la main, un imperméable sur les épaules. Il n'avait pas bougé. Il n'était pas sûr de vouloir la retenir. A lui aussi, au fond, ce départ semblait être dans la suite logique de cette longue journée. L'aboutissement naturel de ces longs mois de douleur qu'ils avaient endurés comme des chevaux de trait, muets et obéissants.

Ils se regardèrent en silence. Parler leur semblait vain. Pour dire quoi ? Aucun d'eux n'était en faute. Aucun d'eux n'avait décidé de ce qui était en train d'arriver. C'était la malchance. Juste cela. Ils avaient été renversés par la vie et rien ne pourrait plus les relever.

Elle fit un geste de la main – comme pour lui caresser la joue –, signe qu'elle ne lui en voulait de rien et qu'au moment de partir, elle ne voulait se souvenir que de la tendresse – mais elle ne put achever son mouvement et sa main resta suspendue, à mi-hauteur, avant de retomber avec la lenteur des vaincus, le long de son corps. Il comprit sûrement cette ultime tentative, car il eut un sourire étrange sur les lèvres – de la reconnaissance plus que de la joie, puis il la laissa passer.

"Elle part", pensa-t-il. Giuliana, la femme aimée. Giuliana la mère de son fils, son amour détruit. Giuliana, plus courageuse que lui car elle faisait ce qu'il fallait tandis que lui n'avait pas eu la force. Giuliana insultée par la vie, qui aurait dû sourire pendant trente ans encore, puis se flétrir doucement, sans violence, comme une petite pomme et être belle encore, de cette patine que donne la vie lorsqu'elle a été douce. Giuliana devenue laide, si rapidement laide, les yeux vides et les traits sévères. Giuliana qui congédiait la vie sans un geste d'hésitation. "Elle part." Il sentit une dernière fois son parfum et la laissa passer. Giuliana venait de le quitter avec le geste inachevé d'une femme qui regrette de ne plus pouvoir aimer.

Lorsqu'elle fut en bas de l'immeuble, elle traversa la rue, marcha jusqu'au trottoir d'en face, posa sa valise à terre et prit tout son temps pour contempler la façade du lieu où elle avait vécu si longtemps. Matteo était là-haut. La lumière était allumée. Il devait aller et venir dans l'appartement. A moins qu'il ne se soit laissé tomber dans un fauteuil. S'il s'était mis à la fenêtre, ils auraient pu se voir une dernière fois mais il ne le fit pas. Giuliana pensa à lui. De toutes ses forces. Elle essayait de faire revenir à elle des souvenirs qui pourraient le sauver mais toujours elle butait sur cet acte qu'il n'avait pas accompli. Sur sa lâcheté. Alors, elle fit une moue de dégoût et ce fut la deuxième imprécation de Giuliana que seuls les chats faméliques du quartier entendirent :

"Je te maudis, Matteo. Comme les autres. Car tu ne vaux pas mieux. Le monde est lâche qui laisse les enfants mourir et les pères trembler. Je te maudis parce que tu n'as pas tiré. Qu'est-ce qui t'a fait hésiter ? Un bruit inattendu ? La silhouette d'un passant au loin ? Le regard suppliant de Cullaccio ? Tu as dû réfléchir alors qu'il fallait te faire sourd à tout ce qui t'entourait. Les balles ne pensent pas, Matteo. Tu avais accepté d'être ma balle. Je te maudis car durant toutes ces années tu t'es tenu à mes côtés, avec discrétion et constance – mais tu n'as rien pu empêcher, ni rien réparé. A quoi sers-tu, Matteo ? Je comptais sur ta force. Le jour de l'enterrement, tu me tenais serrée pour que je ne flanche pas. Tu as toujours pensé qu'il y avait une sorte de gloire à traverser les moments de douleur avec stoïcisme et retenue. Moi pas, Matteo. Cela m'était égal. Le plus juste aurait été que je me jette sur le cercueil et que j'en arrache les planches avec les doigts. Le plus juste aurait été que mes jambes se dérobent et que je me vide de toute l'eau de mon corps en pleurant, en crachant, en reniflant comme une bête. Tu m'as empêchée de faire cela parce qu'il y a là quelque chose que tu ne peux pas comprendre et qui te semble inconvenant. Seule la mort de Pippo est inconvenante.

Je te maudis, Matteo, car tu n'es capable de rien. Le sang de Cullaccio n'a pas souillé ta chemise. Je voulais que tu me racontes les cris qu'il avait poussés, les gestes qu'il avait faits pour se débattre, les suppliques inutiles par lesquelles il avait essayé de t'amadouer. Je voulais que tu me racontes les moindres détails. J'espérais trouver là un soulagement, mince, fragile, comme un tout petit filet d'air venu souffler sur ma peine. Mais tu n'as rien ramené que des balbutiements désolés. Je ne veux pas de tes excuses. Je ne veux pas me mettre à penser que tu n'as pas été à la hauteur et te mépriser doucement, semaine après semaine. Le monde est à l'envers, Matteo. Et je pensais que, pour moi, tu aurais su le redresser. Mais non, les pères n'ont plus de force. Les fils meurent. Il ne reste que nous, les mères endeuillées, qui pleurons avec rage sur ce qui nous a été volé. Je te maudis, Matteo, pour la promesse de vengeance que tu m'as faite et que tu as oubliée derrière toi, sur les trottoirs sales du quartier."

IX

LES FANTÔMES D'AVELLINO
(août 2002)

Cela fait plus d'une heure que je roule maintenant. J'ai laissé derrière moi le Vésuve et la baie de Naples. L'autoroute est presque vide. Je file vers Bari. J'ai commencé l'ascension des monts d'Avellino et l'air qui s'engouffre par les deux vitres ouvertes est plus frais que sur la côte. Je file à toute vitesse. Droit vers l'est, à travers les monts escarpés de la région. J'atteindrai bientôt Avellino et ses maisons modernes. Nous avons le même âge, cette ville et moi. Elle est née en 1980, avec le tremblement de terre. C'est d'ici qu'est partie la secousse qui a ravagé Naples et tout le Mezzogiorno. C'est ici que tout est mort en quelques secondes. Je passe à l'endroit précis de l'épicentre de la grande déflagration qui a mis à terre les maisons sur des kilomètres. Ici, tout a été reconstruit, sans nuances ni caractère, avec la seule nécessité d'être fonctionnel et rapide. Plus rien n'est beau, plus rien n'est patiné. L'histoire a disparu dans les gravats. Et, finalement, cette modernité sans charme est la trace la plus horrible de la dévastation.

Je traverse les collines vertes d'Avellino. J'ai honte. Il m'a toujours semblé que j'étais la cause de ce cataclysme. Je ne peux le dire à personne, je sais que l'on me prendrait pour un fou, mais est-ce vraiment impensable ? Garibaldo m'a raconté tant de fois l'histoire de Frédéric II telle qu'elle lui avait été racontée par le *professore*. Si tout cela est vrai, est-il impensable que la mort ait voulu répondre à notre offense ? Ce jour-là, elle a secoué la terre de toute sa rage. Elle a avalé des milliers d'hommes, de femmes et d'enfants, des familles entières surprises en une seconde par l'éboulement d'un toit ou d'une paroi. Je sais que c'était à cause de moi. La mort voulait répondre à notre affront et mordre dans le courage de ces petits hommes qui avaient osé la défier. Elle a grondé. Un grand nuage de poussière s'est répandu de Naples à Avellino. Des fissures ont zébré les routes, de Caserte à Matera, et c'étaient les crevasses de sa colère.

Je suis né cette nuit-là, moi, de ma deuxième naissance, tandis que tant de gens périssaient. J'ai hurlé comme un nouveau-né. L'air, à nouveau, m'a brûlé les poumons. Un immense grondement a répondu à mon cri. Je suis né et j'ai apporté à la ville la terreur et les pleurs.

La mort ne s'est pas contentée d'une secousse. Cette nuit-là, à Naples, il y eut cinquante-six répliques, parcourant la ville en tous sens, lézardant les murs et renversant les réverbères. Les Napolitains se signèrent toute la nuit, persuadés qu'ils mourraient tous avalés par la terre.

J'ai toujours eu le sentiment d'avoir tué tous ces gens. Je porte cela en moi. Qui aurait pu faire une vie de tout cela ? La nuit, je ne dors pas. Je deviens fou. Je me réveille en sursaut. La nuit, j'entends l'appel des victimes du tremblement de terre qui me demandent avec de grands yeux de poisson et le faciès tordu par la douleur pourquoi ma vie valait mieux que la leur et ce que j'ai fait pour mériter d'être sauvé tandis qu'ils furent sacrifiés.

Je n'ai jamais parlé de ces visions à personne. Lorsque je m'éveille en sursaut, je reste prostré dans les draps, livide et claquant des dents, certain que les ombres vont revenir et que le jour n'est qu'un bref sursis entre deux nuits. Je dois être fou. Il n'est pas possible que tout cela ne m'ait pas rendu fou. Il m'a manqué une mère mais cela ne fait rien, j'ai appris à faire sans. Je vais retrouver mon père. Je suis le seul à pouvoir faire cela. Je suis jeune et fort. Je connais le chemin. J'ai la poussière des morts en moi. Ils me reconnaîtront et me laisseront passer. Ils me guideront même peut-être jusqu'à mon père qui n'aura pas la force de marcher. J'ai hâte qu'il pleure sur mon épaule et qu'il sourie en voyant que son fils est retrouvé.

X

LES PETITS PAPIERS
DE LA MÈRE ENDEUILLÉE

(septembre 1980)

Giuliana continua de travailler au Grand Hôtel Santa Lucia. Elle y dormait, même. Giosué lui avait trouvé un endroit où s'installer. Le premier soir, après avoir quitté Matteo, c'est lui qu'elle était allée voir. Elle l'avait supplié de lui trouver un trou où elle pourrait se cacher quelque temps. Il l'avait accompagnée lui-même jusqu'au sous-sol et lui avait montré une petite réserve où étaient stockées des caisses de savon et de linge. "Je vais te mettre un matelas ici, avait-il dit. Les machines tournent tôt le matin mais tu seras tranquille la nuit."

Cela faisait un mois qu'elle y était. Elle travaillait avec acharnement. Ne demandait rien. Ne rechignait jamais à faire ce qu'on exigeait d'elle. Dès qu'elle avait un peu de temps, elle sortait. Elle arpentait les rues de la ville avec un air concentré. Elle ne faisait que marcher. Elle parlait tout bas, aux prises avec les esprits qui l'escortaient. Elle murmurait des prières, s'arrêtait pour se signer, puis repartait. En quelques semaines, elle avait changé d'apparence. Lorsqu'elle passait devant une église, elle s'arrêtait longuement, restait plantée bien droite comme quelqu'un qui cherche ce qu'il pourrait dire sans trouver puis elle passait son chemin, tête basse.

Enfin, un jour où la pluie avait chassé les promeneurs et où elle s'était abritée sous un porche, son visage s'illumina. Elle avait trouvé ce qu'elle cherchait depuis si longtemps. Elle murmura, pour elle-même : "Le mur." Cette idée s'était imposée à elle. "Le mur, là-bas. Ils se penchent devant et l'embrassent. Le mur qui accueille leurs souhaits et ne bouge pas. C'est cela qu'il me faut."

Elle sortit de son sac un morceau de papier sur lequel elle gribouilla quelques mots, puis, malgré la pluie qui continuait à battre le pavé, elle chercha une église. La première qu'elle trouva fut San Domenico Maggiore. La place était vide. Elle s'arrêta. Elle voulait prendre tout son temps. Elle approcha doucement de la façade et glissa le petit bout de papier dans l'interstice de deux pierres puis elle embrassa la façade, furtivement, se signa et repartit.

Dès lors, elle ne fit plus que cela. Elle allait et venait partout. Dès qu'elle passait devant une église, elle écrivait sur un petit bout de papier, le roulait en boule et le glissait dans une cavité ou entre deux pierres. Elle demandait toujours la même chose aux façades des églises. Que son fils lui soit rendu. Que le jour de son retour soit proche. Que tout soit annulé, le sang, le deuil. Ces ex-voto se multiplièrent, jour après jour. C'étaient des dizaines et des dizaines de petites boules de papier qui répétaient inlassablement la même plainte. "J'attends mon fils." Naples ne disait rien. Les façades restaient muettes. Parfois, le vent faisait tomber un petit message. Parfois, les enfants du quartier en décrochaient un et le lisaient en riant. Mais, la plupart du temps, ils restaient à moitié dissimulés dans la pierre, comme de petits œufs de douleur, des suppliques cachées.

Giuliana continuait. Sans cesse. Partout où elle allait. Les mots se multipliaient "J'attends mon fils." Elle roulait en boule le message et le glissait à San Gregorio Armeno. "Que Pippo me soit rendu ou que le monde brûle." Santa Maria Donnalbina. "Ne faites pas de moi la mère d'un mort." San Giorgio Maggiore. "Je vous maudis si mon fils ne revient pas." Chiesa Madre. Les mots dans chaque trou de façade. Pour que tout Naples ait le même nom sur le bout des lèvres. Pippo. Pippo. Pippo.

A force de déambuler d'une église à l'autre, elle ne tarda pas à entendre parler de don Gaetano Marinucci. C'était le jeune curé qui venait d'être nommé à l'église de Santa Maria di Montesanto. Depuis qu'il était arrivé, les offices ne désemplissaient plus. Le jeune prêtre était beau. Il avait le charisme rugueux des hommes aux yeux noirs. Il venait, comme Giuliana, des Pouilles. La nouvelle ne cessait de se répandre dans le quartier que le jeune curé avait été un disciple de Padre Pio, qu'il l'avait accompagné durant ses dernières années. Sa proximité avec le saint homme lui conférait un éclat de gloire. Pour la plupart des femmes, sur les marchés poissonneux de Montesanto, il ne faisait aucun doute qu'un jour ou l'autre, le jeune curé, à son tour, ferait des miracles et deviendrait le digne successeur de Padre Pio. Ce serait alors à Naples d'avoir son saint et le monde entier verrait de quoi est capable le petit peuple lorsqu'il veut montrer sa ferveur.

Giuliana errait de plus en plus souvent dans le quartier de Montesanto. Elle tournait autour de l'église. Chaque fois qu'elle passait devant, elle déposait un de ses petits billets. Au fil des jours, il y en eut bientôt des dizaines dans le mur de l'église. Elle voulait en couvrir la façade, qu'il sache qu'elle était là et qu'elle attendait de lui de grandes choses.

Une nuit, enfin, elle se sentit prête. Elle alla à l'église. Il était environ deux heures du matin. Le ciel était clair et les étoiles scintillaient de la pureté de la nuit. Elle s'agenouilla devant la lourde porte fermée et murmura sa troisième imprécation.

"Je suis à genoux devant vous, père, mais ne croyez pas que je sois faible. Je suis forte. J'ai confiance en vous. Vous allez faire pour moi un miracle et je sens déjà la joie monter dans mes veines. Je sais que des hommes comme vous sont capables de choses pareilles. Cela leur coûte, peut-être, mais ils sont ici-bas pour cela, pour nous soulager de nos malheurs. Je sais ce qui vient. Les aveugles vont voir. Les paralytiques se mettront à marcher. Je sais tout cela. Je suis prête. C'est l'heure de la résurrection des morts. Tous, un par un, ils vont se lever de dessous la terre et marcher. J'attends avec impatience. Ce ne sera pas un miracle. Juste la réconciliation du Seigneur avec les hommes. Car il nous a offensés. Vous le savez comme moi. Par la mort de Pippo, il m'a jetée à terre et m'a battue. C'était un acte de cruauté et je l'ai maudit pour cela. Mais c'est aujourd'hui l'heure du Pardon. Le Seigneur lui-même va s'age-nouiller devant nous et nous demander de lui pardonner. Je le regarderai longuement, je lui bai-serai le front et je lui pardonnerai. C'est alors que les morts se lèveront, car tout sera achevé. C'est bien. Je prie pour que ce jour advienne. Je suis pleine de force. J'attendrai jusqu'à demain. Je sens déjà la terre qui gronde. Les cadavres bougent. Ils se préparent et trépignent d'impatience. Il ne reste que quelques heures avant que le Seigneur ne se présente à nous. J'ai hâte, mon père, de le voir s'agenouiller devant moi et pleurer avec humilité."

Au petit matin, elle alla se mettre à l'abri du regard des premiers arrivants et s'assit contre le mur de l'église. Les cloches sonnèrent. Peu à peu, une foule se pressa devant l'église, par petits groupes. C'étaient presque exclusivement des femmes, âgées, des vieilles du quartier ou des marchandes qui venaient à la messe avant d'aller travailler. Giuliana ne se leva pas. Elle ne se mêla pas à la foule. Elle attendit que tout le monde soit entré et que la messe commence. Alors seulement, elle monta les marches du perron et se tint dans l'embrasure de la haute porte de bronze pour regarder de loin le jeune prêtre officier. Il était bien là, l'air recueilli et austère qu'elle lui imaginait. Elle n'entra pas. "Je ne communierai pas avec le Seigneur tant qu'il n'aura pas demandé pardon", pensa-t-elle. Elle était sans haine. Elle attendait juste que la messe s'achève, comme une mère qui attend que son enfant jaillisse de l'école à la fin de la journée.

Les orgues, enfin, retentirent. Les femmes, une à une, commencèrent à sortir. Giuliana entra, se frayant un passage à contre-courant de la foule. Il restait encore une dizaine de personnes qui se tenaient devant l'autel. Le prêtre donnait l'hostie à chacune. Elle resta à sa place, confiante et apaisée. "Les orgues ne le savent pas, mais elles jouent pour célébrer ce jour", pensa-t-elle.

Enfin, l'église fut vide. Elle attendit encore sur le banc du premier rang, comme une paroissienne plongée dans ses pensées. Lorsqu'ils furent vraiment seuls, elle alla droit sur lui.

"Don Marinucci, je suis Giuliana."

Il ne dit rien. Il la regarda étrangement, attendant qu'elle précise car il ne voyait pas qui elle était.

"Vous allez faire un miracle, poursuivit-elle. Je suis venue vous le dire. Dites à mon fils de marcher, où qu'il soit, et il marchera à nouveau. C'est le jour."

Le curé sentit qu'il avait affaire à une pauvre âme. Il la regarda avec douceur, lui prit les deux mains et l'entoura d'une sorte de douce sérénité.

"Qu'est-il arrivé à ton fils ? demanda-t-il.

— Il était mort, répondit-elle. Jusqu'à hier. Mais cela n'a plus d'importance car Dieu va me demander pardon. Je lui baiserai le front et il n'aura plus honte. Les morts vont marcher.

— Que dis-tu ?" demanda le curé avec une sorte de peur croissante dans la voix.

Alors Giuliana expliqua que cela faisait des semaines qu'elle mettait des petits papiers dans la pierre de son église pour le prévenir. Elle parla des miracles de Padre Pio qui n'étaient rien comparés à ceux dont lui serait capable. Car le peuple en avait besoin. Elle lui répéta plusieurs fois que les gens souffraient et que Dieu avait beaucoup fauté. Elle expliqua tout ce qu'elle avait à l'esprit et elle prononçait le nom de Pippo quasiment à chaque phrase, comme si cela pouvait le faire venir plus vite. Le visage du curé se ferma. Ses yeux noirs la regardèrent avec une sorte d'offuscation sévère.

"C'est toi, alors : tous ces bouts de papier, là ?

— Oui, répondit-elle. Aujourd'hui, vous allez me rendre mon fils.

— Tais-toi, dit-il en haussant le ton avec un air dégoûté. Honte sur toi et tes superstitions. Tu blasphèmes. Tu insultes le Seigneur. Tu contestes son autorité. Ton enfant est à ses côtés. Il se tient à sa droite. Il l'a rejoint dans la lumière. Et tu voudrais qu'il te demande pardon…"

A ces mots, Giuliana fit un pas en arrière et cracha aux pieds du curé. Il blêmit et d'un geste sec la gifla. Cela claqua dans l'église vide.

"Des croyances de pharisiens, continua le curé. Je brûlerai demain tous tes billets. Dieu ne demande pas pardon. Il a repris ton fils. Telle fut sa volonté et nous devons la louer…"

Giuliana ne put en supporter davantage. Les mots du curé grinçaient dans son crâne. Il lui semblait qu'on riait en elle, avec la cruauté des diables. Elle se mit à crier. Un long cri strident qui dura longtemps et sembla fendre l'air immobile de l'église. Elle cria et les oiseaux, dans tout le quartier, s'envolèrent. Puis, avant même que le curé ajoute quoi que ce soit, elle sortit.

Quelques heures plus tard, elle était à la gare de Naples. Elle était passée au Grand Hôtel Santa Lucia pour prendre ses affaires, puis elle avait marché une dernière fois dans les rues de la ville. Dans le grand hall de la gare, elle n'avait rien d'autre qu'une valise et le billet qu'elle venait de s'acheter. Elle n'était plus rien qu'une ombre, une pauvre ombre qui montait dans le premier train en direction de Caserte.

"A la gare de Naples, j'abandonne mon enfant."

Le train venait de s'ébranler. Giuliana regardait par la vitre. Sur le quai triste, quelques personnes, encore, attendaient pour dire adieu à ceux qui s'en allaient. Elle contemplait ces derniers visages et repensait à la vie passée dans cette ville, à la vie qu'elle laissait derrière elle et qui n'existait plus pour personne d'autre que pour Matteo. Elle ne reviendrait plus. Son fils allait rester là, enterré dans ce cimetière. Sa vie de mère était terminée. Elle colla son front contre la vitre et dit adieu aux mille choses qui faisaient Pippo. Son école. Sa chambre à coucher. Ses vêtements, ceux qu'il aimait, ceux qu'il ne mettait jamais. Elle dit adieu à la joie de se promener avec lui, au contact ténu de sa main dans la sienne. Elle dit adieu à son angoisse de mère qui s'était emparée d'elle dès la grossesse et n'aurait jamais dû la quitter de toute sa vie. Une dernière fois, elle était avec lui. Une dernière fois, elle l'extrayait du marbre froid de sa tombe pour le faire rire en son esprit. Il était là. Il jouait avec elle. Il l'appelait en courant. Elle ferma les yeux pour que plus rien ne les entoure et qu'elle soit toute à lui.

A la gare de Naples, elle rit une dernière fois avec son fils. Elle savait qu'il n'y en aurait pas d'autre et elle essaya de faire durer le plus longtemps possible son dernier sourire de mère.

"A la gare de Naples, j'ai abandonné mon enfant, murmura-t-elle, et je n'y penserai plus."

Le train roulait avec la lourdeur des nuits d'insomnie. Elle n'avait aucune hâte, n'était pressée d'arriver nulle part. Elle disait adieu à sa vie. Chaque nouvel arrêt était une station de sa lente et progressive dissolution.

A Caserte, alors que le quai, malgré l'heure avancée, était bondé d'une foule encombrée de valises et d'enfants, elle dit adieu à Matteo. Elle le laissait derrière elle, son mari, sans haine ni ressentiment. Cet homme qu'elle avait aimé. Cet homme qui ne lui avait offert, sans le savoir, que des présents que le sort avait détruits. Une vie de sable balayée en une seconde. Tout avait été avalé. A Caserte elle embrassa Matteo une dernière fois en pensée puis le train redémarra.

A Benevento, elle comprit qu'elle ne pourrait pas emporter avec elle ses souvenirs. Le quai était vide. Le train resta étrangement longtemps en gare alors que personne ne montait ni ne descendait. Les portes du wagon n'avaient même pas été ouvertes. Peut-être était-ce simplement pour lui laisser le temps, à elle, de tout abandonner. A Benevento, elle laissa derrière elle les souvenirs de sa vie. Tous. Eparpillés comme un album de photos que l'on secoue par la fenêtre. Elle les répandit sur le quai. Vingt ans de souvenirs auxquels elle ne penserait plus jamais. Les heures passées dans l'hôtel à faire et refaire les mêmes gestes. Nettoyer. Laver. Servir. Les moments heureux. Les surprises qui auraient dû illuminer son esprit jusque dans sa vieillesse. Tout, elle laissait tout. Elle secoua sa mémoire comme une nappe à la fenêtre et le train finit par repartir.

A Foggia, tout était fini. Elle se leva, prit sa valise et ouvrit la portière. Il devait être deux heures du matin. Elle fut surprise parce qu'il faisait bon dehors malgré la nuit. Elle descendit. Elle ne leva pas la tête, n'essaya pas de reconnaître la gare. Elle marcha tête basse.

"Je m'appelle Giuliana Mascheroni", dit-elle à mi-voix et elle se répéta ce vieux nom que lui avait donné son père comme une chose dont il fallait désormais s'imprégner. Ce vieux nom d'avant le mariage, ce vieux nom de l'époque où la vie n'avait pas encore commencé et où elle avait hâte de tout. Ce vieux nom, elle le reprenait en se penchant, comme si elle ramassait un objet laissé derrière elle vingt ans plus tôt.

"Je m'appelle Giuliana Mascheroni. Je n'ai rien vécu. Je suis la fille de mes parents. Rien de plus. Et je reviens mourir où je suis née."

XI

ENTÊTANTE
(août 2002)

Le sang, sur le fauteuil à côté de moi, a séché. L'odeur des pins traverse la nuit. Je roule. L'air frais me tient éveillé. Il fait bon cette nuit. Je regarde tout autour de moi. L'air des collines a une innocente fraîcheur.

Je ne parviens pas à faire taire la voix de Grace. Je n'aurais pas dû aller la voir. Je m'en veux d'avoir éprouvé la nécessité de faire des adieux. J'aurais dû être plus fort que cela. Une boule de nerfs et de rage aiguisée. Grace, dont j'attendais qu'elle me bénisse doucement du bout des doigts, m'a mis au fond du cœur une idée qui me tourmente. Je n'ai pas le droit de flancher. Pas maintenant.

Je pense à ma mère. Je ne peux pas m'en empêcher. Je voudrais la chasser de mon esprit mais elle est là, insidieuse et entêtante. Avec la voix de Grace qui répète à l'infini que ma mère vit aux Enfers depuis vingt ans. Ce n'est pas elle que je vais chercher. Ce n'est pas vers elle que je roule. Je dois me faire sourd à cette idée.

Ma mère n'existe pas. Je ne me souviens d'aucun visage. Aussi loin que remonte ma mémoire, je ne trouve pas de douceur apaisante qui m'entoure.

Ou plutôt si. Je sais, au fond de moi-même, que j'ai eu une mère, mais je l'ai chassée. Je me souviens d'elle. Si je fais un effort, je me souviens d'un temps où elle était là, autour de moi, avec une odeur sucrée de bonheur. Et puis, du jour au lendemain, il n'y eut plus rien. La mère était partie. Elle a abandonné son fils. Je me souviens de cela, du vide qui m'a saisi d'un coup. Elle n'a plus pensé à moi. En une seconde. Elle a décidé de ne plus jamais penser à moi. Alors je l'ai chassée à mon tour. Lorsque j'ai senti qu'elle m'avait banni de ses pensées, j'ai juré de ne plus jamais l'invoquer, l'espérer, la chérir.

A l'instant où j'avais le plus besoin d'elle, elle s'est dérobée. Quelle mère peut faire cela ? Les pensées des uns et des autres, je les sentais. C'était même la seule chose qu'il me restait. Je ne tenais que grâce à cette chaleur. Je sentais mon père obsédé par la journée de la fusillade qu'il revivait sans cesse, mon père qui suppliait le ciel pour pouvoir me tenir à nouveau serré dans ses bras, ne serait-ce qu'une fois. Longtemps, je l'ai sentie, elle aussi, luttant contre l'idée de ma mort, et puis elle a disparu. Elle n'a plus jamais pensé à moi. Quelle mère peut faire cela ? Elle est partie. Elle a banni mon nom, le souvenir de mon existence et je suis resté boiteux de ma mère. J'avais besoin d'elle. Je l'ai crié dans ma solitude. J'avais besoin d'elle pour éloigner les ombres et ralentir l'heure de mon engloutissement. J'avais besoin d'elle parce que j'étais un enfant enfermé dans une immensité terrifiante. J'ai crié son nom. Souvent. Cela n'a rien fait. J'ai supplié pour qu'elle revienne à moi, qu'elle m'envoie à nouveau la chaleur de ses pensées. Il ne s'est jamais rien passé. J'ai mis le temps, mais je me suis amputé de cette douleur-là. Je me suis accroché à mon père. Je le sentais, fort dans la peine, pensant à moi à chaque instant de sa vie. Je le sentais se rapprocher et il n'y avait que cela pour éloigner de moi les goules et les esprits vociférants.

Je n'ai pas de mère. Grace s'est trompée. Je n'ai pas de mère qui ait pensé à moi comme on pense à son enfant. Mais il reste ce mot, qui se répète à l'infini, ce mot entêtant qui me fait mal. Ma mère.

XII

DES MORTS AUTOUR DE LA TABLE
(novembre 1980)

Matteo roulait depuis plus de deux heures dans la ville endormie. Il pensait à Giuliana dont il n'avait plus de nouvelles. Il pensait à l'ennui qui écrasait sa vie. Il longea les quais sur la via Cristoforo Colombo. Les rues étaient vides. Lorsqu'il tourna au coin de la via Melisurgo, il dépassa un piéton dont la silhouette lui sembla familière. Il le regarda avec étonnement dans le rétroviseur. Cet homme ne lui était pas étranger. Il mit du temps à réaliser qu'il s'agissait du *professore* Provolone, celui qu'il avait rencontré dans le café de Grace quelques semaines plus tôt. Que faisait-il ici, au milieu de nulle part, à une heure pareille ? Sans réfléchir, Matteo fit demi-tour.

Il roula au pas pour être sûr de le retrouver. Quelques minutes plus tard, il l'aperçut qui disparaissait au bout de la rue, dans un petit renfoncement. Matteo gara sa voiture et poursuivit à pied.

Lorsqu'il approcha de l'endroit où il avait vu la grosse silhouette molle du *professore* disparaître, il entendit des voix. Il sentit immédiatement que quelque chose n'était pas normal et pressa le pas. Des éclats de rire montaient de l'obscurité. Lorsqu'il fut suffisamment près, il aperçut trois jeunes garçons qui rigolaient en donnant des coups de pied dans une forme à terre. Ce ne pouvait être que le *professore*. Les trois voyous le frappaient avec une innocence totale, presque joyeuse, comme s'ils avaient à leurs pieds un carton ou une vieille caisse en bois. Matteo perçut des gémissements qui émanaient du corps. Soudain, un des jeunes se débraguetta et pissa sur sa victime avec un air triomphant.

Matteo cria et courut droit vers les assaillants. Les jeunes garçons ne semblèrent nullement effrayés. Celui qui avait pissé se rebraguetta avec lenteur et lui demanda avec une moue de provocation :

"Qu'est-ce que tu veux ?

— Laissez-le", répondit Matteo en serrant les poings pour parer à tout assaut.

Les trois jeunes gens se regardèrent avec un air amusé.

"Toi aussi, tu veux ton compte ? demanda l'un d'entre eux.

— On te fait ça gratuit, dit le troisième en riant.

— Laissez-le", répéta Matteo avec les mâchoires serrées.

Les trois jeunes gens marquèrent un temps d'arrêt, comme s'ils hésitaient sur la tournure que devait prendre cette rencontre. Ils jugeaient peut-être de leur envie de se battre, de la fatigue ou de l'amusement que cela leur procurerait. Puis l'un d'entre eux finit par dire :

"Embarque-le et fous le camp, ou on te pissera dessus aussi !"

Le petit groupe fut parcouru d'un rire méchant. "Eh, *professore* ! On remet ça quand tu veux !" lança le plus grand. Ils se tapèrent les épaules et donnèrent un dernier coup dans le corps au sol. Puis ils se mirent en route et s'éloignèrent. Tandis qu'ils disparaissaient, Matteo les entendit rire comme des gamins après une partie de foot, criant et gesticulant avec arrogance et fierté.

"Professore ?" dit Matteo en se précipitant sur le corps.

Provolone était allongé sur le flanc. De sa braguette ouverte pendait son pénis flétri. Il avait la chemise maculée de pisse et le visage blessé. Du sang coulait de ses lèvres et son arcade sourcilière était boursouflée. Lorsque Matteo se pencha sur lui et l'appela doucement, il fut surpris de voir que l'homme semblait rire.

"Professore ? Professore ?" Ça va ?"

Le *professore* ne répondit pas. Il continuait à murmurer en souriant, comme un fiévreux.

"Professore ?" Levez-vous. Je vais vous raccompagner…"

L'homme agrippa le bras de Matteo et se leva en disant :

"Les anges du ciel, vraiment… s'ils existent… ne peuvent pas être plus beaux que ces trois voyous !…"

Matteo trouva cela étrange mais ne répondit rien. Pour lui, l'homme délirait et le choc de l'agression l'avait plongé dans un trouble profond.

"J'ai une voiture à deux pas, dit-il en aidant le blessé à marcher. Appuyez-vous sur moi !"

Pendant tout le temps où ils avancèrent, cahincaha, Provolone ne cessa de murmurer, en riant :

"Bénissez-les !… Les garnements, bénissez-les !… Pour les coups qu'ils donnent !… Pour leur beauté !… Bénissez-les !… Des bêtes ! Voilà ce que ce sont : de ravissantes bêtes !…"

Matteo ouvrit la porte du café d'une seule main. De l'autre, il s'assurait que le *professore* parvenait à le suivre. Dès qu'il entra, il fut salué d'un joyeux :

"Tiens ! Voilà mon chauffeur !"

Grace était là, comme la dernière fois, sirotant au comptoir un cocktail d'alcool avec des moues de starlette américaine.

"Qu'est-ce qu'ils vous est arrivé ? demanda tout de suite Garibaldo qui venait d'apercevoir le visage ensanglanté de Provolone.

— Il s'est fait agresser, répondit Matteo en installant le blessé à une table. Je l'ai amené ici pour lui faire boire un bon verre.

— Et je vous en remercie…, balbutia le *professore*, vraiment… merci… mais il ne fallait pas… en aucune manière… je vous ai occasionné beaucoup de gêne…"

Garibaldo avait apporté un seau rempli de glace, un chiffon propre et une bouteille de grappa qu'il posa sur la table.

"Est-ce qu'ils vous ont volé quelque chose ?" demanda Matteo.

Etrangement, il entendit dans son dos Grace qui pouffa, comme si sa question était saugrenue. Le *professore* rougit et répondit :

"Je vous remercie de votre sollicitude… vraiment… Cela va très bien… je regrette de vous avoir mêlé à tout cela…"

Grace fit un clin d'œil à Matteo avec un air moqueur et, comme celui-ci ne semblait pas comprendre, elle dit :

"Ce que veut dire le *professore*, c'est que ce n'est pas une bagarre que tu as interrompue mais une parade amoureuse !"

Matteo resta bouche bée. Il regarda celui qu'il venait de ramener pour qu'il confirme ou infirme et le *professore* dit avec un petit haussement d'épaules gêné :

"Je comprends que vous vous soyez mépris… vraiment…

— Mais…, répondit Matteo qui ne pouvait pas y croire.

— Oui, poursuivit Provolone. Que voulez-vous… J'aime ces petits diables des rues… vraiment… Je n'y peux rien…"

Grace éclata de rire. Elle leva son verre et dit :

"A la santé du *professore* Provolone !"

Matteo resta encore longtemps stupéfait, ne sachant s'il devait s'offusquer ou rire. Il y avait dans tout cela quelque chose qui le laissait désemparé. "Le monde marche sur les mains" pensa-t-il et il but le verre de grappa que lui tendait Garibaldo en souriant.

"Si je peux faire quoi que ce soit, répondit Provolone. Vraiment… je suis confus…"

Matteo le regarda avec étonnement. Il ne parvenait toujours pas à comprendre comment un homme pouvait se faire maltraiter ainsi par plaisir. Il ne posa pas la question mais son trouble se vit car le *professore* baissa les yeux et entreprit de s'expliquer :

"Vous vous demandez pourquoi je fais cela… n'est-ce pas ?… J'imagine que oui… Vous vous souvenez de la conversation que nous avions eue la dernière fois… ? La mort qui se loge en nous…

l'impression d'être une ombre parfois… oui, exactement cela… une ombre… sans vie… Dans ces instants-là, voyez-vous, quand ils frappent et rient avec sauvagerie, lorsque je sens leurs muscles joyeux sur moi… je vis. C'est étrange à dire. Mais je vous assure. Je me sens, oui, je ne sais pas le dire autrement… précieusement en vie…"

Matteo ne dit rien. Il repensait à la conversation qu'ils avaient eue à leur première rencontre.

"Pourquoi disiez-vous que la vie et la mort étaient plus imbriquées qu'on ne le pense ?" demanda-t-il après un temps.

Le *professore* se passa la main sur le visage, sourit avec douceur et répondit :

"Parce que c'est vrai… La société d'aujourd'hui, rationaliste et sèche, ne jure que par l'imperméabilité de toute frontière mais il n'y a rien de plus faux… On n'est pas mort ou vivant. En aucune manière… C'est infiniment plus compliqué. Tout se confond et se superpose… Les Anciens le savaient… Le monde des vivants et celui des morts se chevauchent. Il existe des ponts, des intersections, des zones troubles… Nous avons simplement désappris à le voir et à le sentir…"

Grace et Garibaldo écoutaient avec attention et, voyant que la conversation devenait sérieuse, le patron du café décida de dresser une table et invita ses hôtes à se mettre à leur aise. Il disposa quatre verres sur une nappe, une bouteille et deux belles *mozzarelle di bufala*. Puis il alla fermer la porte d'entrée, signe qu'il ne voulait plus être dérangé par un quelconque client qui serait venu semer le trouble dans cette assemblée.

Grace sourit. La nuit allait être à eux. A cet instant, tous partageaient le désir de n'avoir plus à se soucier de l'heure qu'il était, d'écouter la parole des uns et des autres et de se reposer du monde.

"Et qu'est-ce que vous trouvez de si poreux dans la frontière entre la vie et la mort ?" demanda Garibaldo en croquant dans un *tramezzino* au jambon et aux artichauts. Longtemps, il avait milité dans des mouvements d'extrême gauche avant de se reconvertir dans le débit de boissons et la camaraderie de café, et il abordait toutes les questions concernant l'Au-Delà avec une profonde suspicion.

"Vous avez déjà perdu quelqu'un de proche ?" demanda Provolone.

Garibaldo ne répondit rien mais pensa avec force à sa compagne morte dix ans plus tôt d'un cancer foudroyant.

"Vous n'avez jamais l'impression que ces êtres-là vivent en vous ?... Vraiment... Qu'ils ont déposé en vous quelque chose qui ne disparaîtra que lorsque vous mourrez vous-mêmes ?... Des gestes... Une façon de parler ou de penser... Une fidélité à certaines choses et à certains lieux... Croyez-moi. Les morts vivent. Ils nous font faire des choses. Ils influent sur nos décisions. Ils nous forcent. Nous façonnent.

— Oui, répondit Grace avec amertume. Quand il y a encore quelque chose à façonner...

— Exactement, s'exclama le *professore* avec jubilation. C'est l'autre aspect de la porosité des deux mondes. Nous ne sommes parfois plus si vivants que cela. En disparaissant, les morts emportent un peu de nous-mêmes. Chaque deuil nous tue. Nous en avons tous fait l'expérience. Il y a une joie, une fraîcheur qui s'estompe au fur et à mesure que les deuils s'accumulent... Nous mourons chaque fois un peu plus en perdant ceux qui nous entourent..."

Matteo ne dit rien et serra les dents.

"C'est pour cela, vraiment…, reprit le *professore*, que je dis que les deux états se chevauchent… Regardez Naples, certains soirs… vous ne trouvez pas qu'on dirait une ville d'ombres ?"

Matteo sourit. Combien de fois avait-il eu cette impression en roulant dans les avenues désertes de la ville ? Combien de fois lui avait-il semblé qu'il était dans un monde étrange et suspendu ?

Un bruit soudain interrompit la rêverie de Matteo. Tout le petit groupe sursauta en même temps puis leva la tête. Ils crurent d'abord qu'il s'agissait de quelqu'un qui frappait à la porte mais ce n'était pas cela. Les tambourinements redoublaient et Matteo fut sur le point de se lever pour aller voir si un ivrogne n'avait pas entrepris de démolir la façade à coups de poing, lorsque Garibaldo s'écria : "C'est le curé Mazerotti !" Aussitôt, il bondit de sa chaise et se précipita vers les fenêtres. Matteo observa l'agitation du patron avec étonnement. Il ne comprenait rien. Garibaldo était en train de fermer les volets, exactement comme s'il voulait fermer son établissement de toute urgence. Pourquoi se barricadait-il de la sorte ? Etait-il en si mauvais termes avec le curé pour vouloir lui interdire ainsi son établissement ? Matteo tournait cela en son esprit sans parvenir à rien comprendre, lorsqu'il vit Garibaldo se pencher sur une trappe au sol, celle par laquelle on accédait à la réserve. Le patron l'ouvrit en murmurant : "J'arrive, j'arrive." Ce n'est qu'alors que Matteo comprit : le curé était dans la cave et, depuis tout à l'heure, il frappait à la trappe.

"Mais…, demanda-t-il interloqué, vous le laissez là-dessous ?

— Pas du tout, répondit Grace en riant. Le curé a creusé une galerie entre la crypte de l'église et la cave du café. Comme ça, il n'a pas à traverser la rue.

— Mais pourquoi ?" demanda Matteo de plus en plus éberlué par ce qui l'entourait.

Grace n'eut pas le temps de lui répondre. La trappe s'ouvrit complètement et une tête de vieillard décharné apparut.

"Vous en avez mis du temps", dit le nouvel arrivé avec une voix de vieille femme.

Lorsque le curé fut sur ses pieds, au milieu de la pièce, Garibaldo referma la trappe dans un grand éclat de poussière. Matteo put observer le vieillard attentivement. Le petit homme devait avoir dans les soixante-dix ans. Il était sec, avec une peau si ridée que la canne qu'il portait et son avant-bras semblaient faits de la même matière noueuse. Il avait la bouche édentée d'un gueux et les yeux abîmés : le gauche marquait un fort strabisme divergent, le droit était voilé par une cataracte qui lui donnait des airs de vieille tortue centenaire.

"Asseyez-vous, don Mazerotti", dit Grace avec douceur. Elle était, de tous les membres de cette petite assemblée, celle qui, probablement, le connaissait le mieux. A dire vrai, elle aurait donné sa vie pour ce vieux bout de bonhomme qui, depuis des années, l'écoutait, la conseillait, la gourmandait parfois, bref, accompagnait sa vie sans jamais jeter l'opprobre sur elle, y compris lorsqu'elle parlait des nuits où elle se prostituait sur le port, des corps qu'elle suçait dans la nuit poisseuse de l'été, ou des hommes rustres qui la prenaient jusqu'à la faire pleurer et finissaient par la laisser, hagarde, à genoux, sur le pavé d'une impasse, en train de ramasser deux billets de dix mille lires avant de se moucher en remettant ses bas. Elle lui racontait tout : la tristesse qui s'emparait d'elle parfois, le sentiment de monstruosité qu'elle éprouvait lorsque les enfants du quartier la suivaient en criant "Tapette ! Tapette !" sans savoir exactement ce qu'ils disaient mais contents de voir que le mot la faisait fuir.

"Pourquoi vient-il ici en secret ? demanda Matteo à Garibaldo.

— Il a peur que les émissaires du Vatican ne profitent d'un moment où il se serait absenté pour prendre possession des lieux.

— C'est à ce point-là ?

— Oui", murmura Garibaldo avec un air de conspirateur et il expliqua à Matteo que, au fil des années, l'église Santa Maria del Purgatorio s'était peuplée de tous les éclopés de la nuit. Les clochards, les prostituées, les déments venaient prier ici. Don Mazerotti les accueillait tous et célébrait ses messes sans rien changer. Le clergé avait fini par prendre cela pour une provocation. Pour eux, don Mazerotti leur faisait la leçon. En ouvrant ainsi ses portes à ces ombres cassées, sales et puantes, il soulignait le comportement de nanties des autres églises et proclamait haut et fort qu'il était le seul à s'occuper du petit peuple de Naples. Les choses s'étaient envenimées. Personne ne voulait d'un curé rouge en plein milieu de Spaccanapoli. Un jour, les autorités cléricales avaient demandé à don Mazerotti de céder sa place et de rejoindre un monastère de la région. Il refusa. Le ton monta. Ils envoyèrent une deuxième lettre, puis une troisième. Ils le menacèrent d'excommunication s'il s'entêtait. Le curé Mazerotti ne céda pas. C'est pour cela qu'il s'était barricadé.

Il ne sortait plus, verrouillait la porte et n'acceptait de recevoir que les quelques habitués qui voulaient se confesser. Pour manger, il venait chez Garibaldo, toujours en passant par ce tunnel pour que personne ne le voie. Les gens du quartier l'avaient baptisé "le curé *matto*" et il n'était pas un jour sans que quelques matrones viennent déposer sur les marches de l'église des paniers pleins de victuailles ou quelques bouteilles que le vieux récupérait la nuit tombée, comme un chat méfiant.

Don Mazerotti s'assit et regarda longuement les hommes qui étaient autour de lui.

"Je vous ai interrompus, dit-il avec une courtoisie qui contrastait avec son air de vieil oiseau décharné.

— Pas le moins du monde…, dit Grace.

— … Le *professore* nous expliquait que nous étions tous plus morts que nous ne le pensions, ajouta Matteo.

— Rien n'est plus vrai", répondit le curé.

A cet instant, Garibaldo leva les mains pour suspendre la conversation et empêcher ses hôtes de se lancer dans un grand dialogue.

"Attendez. Attendez", dit-il avec bonhomie. Il lui semblait être revenu à l'époque où, avec quelques camarades, il préparait la révolution dans des caves enfumées. "Je vous prépare à manger, puis nous reprendrons. Qu'est-ce qui vous ferait plaisir ?"

Il fut décidé qu'on préparerait une belle omelette aux oignons et des *pappardelle* aux cèpes. Pour Garibaldo, les circonstances étaient exceptionnelles et valaient bien un repas offert par la maison. Très vite, une lourde odeur de champignons poêlés monta des cuisines.

Pour la première fois depuis longtemps, Matteo se sentit bien. Il observait cette étrange compagnie : un professeur déchu, un travesti, un curé fou et un patron de café débonnaire. Il avait envie de manger avec ces hommes-là, de les écouter parler, de rester avec eux, dans la pénombre de cette petite salle, loin du monde et de ses douleurs.

"Alors vous aussi vous pensez que nous sommes plus morts que vivants ?"

Garibaldo avait posé sa question au curé entre deux bouchées. Il regardait le vieillard avec une curiosité d'enfant.

"Après quarante ans de confession, j'en suis certain, répondit le vieil homme avec un air malicieux. Vous n'imaginez pas le nombre de paroissiens que j'ai pu écouter et pour qui, au fond, la vie n'est plus rien. Ils ne s'en rendent même plus compte, mais tout ce dont ils parlent, c'est une triste succession de petites craintes et d'habitudes. Plus rien ne bouge en eux. Plus rien qui bouillonne ou remue. Les jours se succèdent les uns aux autres. Il n'y a plus aucune vie dans tout cela. Des ombres. Rien que des ombres. Pendant quarante ans, je les ai vues défiler sur le banc de mon confessionnal. La plupart n'avaient plus grand-chose à dire. Ils se sentaient voûtés par un ennui pesant mais n'avaient rien à raconter. Ni désir violent, ni crime, ni bouillonnement intérieur. Juste quelques sales petites turpitudes. Heureusement que le corps vieillit !"

Matteo regardait Grace. Elle souriait tristement. Quelque chose sur son visage avait changé.

A cet instant, c'était le masque le plus terrifiant de la tristesse. "Quelle vie mène-t-elle ? se demanda Matteo. Est-elle si joyeuse qu'elle en a l'air lorsqu'elle parle fort et fait de grands gestes ou vit-elle une longue succession de jours tristes englués de frustration ? Au fond, est-ce qu'un d'entre nous, autour de cette table, est pleinement dans la vie ?"

"Je suis d'accord avec vous. Absolument, poursuivit le *professore* en souriant au curé. Sans avoir votre expérience de la confession… Bien sûr… Je peux parler… vraiment… en mon nom… Si l'on est un peu honnête avec soi-même… n'est-ce pas… c'est une évidence…

— Et moi qui pensais que vous alliez essayer de me vendre le paradis éternel et le repos de nos âmes, dit Garibaldo en buvant un verre de grappa. Au fond, je crois que j'aurais préféré cela car ce que vous dites est d'une tristesse affligeante !

— Vous connaissez l'hypogée de Hal Salfieni ? A Malte ? demanda subitement le *professore* à la cantonade comme s'il n'avait pas entendu la remarque de Garibaldo. Non ?… C'est un exemple magnifique de la porosité des deux mondes. A La Valette, il est possible de visiter des souterrains immenses datant d'environ 3000 avant Jésus-Christ. C'est une succession de grottes et de caves. Personne ne sait grand-chose sur le peuple qui réalisa ces catacombes. Mais j'ai trouvé un document édifiant sur le sujet. Un chercheur polonais du début du XXe siècle qui a une théorie passionnante : pour lui, nous sommes en présence de la première rébellion collective face à la mort.

— Comment cela ? demanda Grace en allumant une cigarette.

— Selon lui, ces hommes ont creusé de gigantesques souterrains pour vivre plus près de leurs morts, répondit le *professore*. Tout le monde est descendu sous terre. Femmes. Enfants. Dans un labyrinthe troglodytique, et c'était pour être plus près des leurs. Les hommes de Malte ont refusé le deuil.

— Où est-ce ? demanda Garibaldo, sidéré par ce qu'il entendait.

— Dans la périphérie de La Valette. Mais l'île de Malte est pleine de souterrains. D'époques différentes. Près de Mdina, les catacombes de saint Paul et de sainte Agathe. C'est comme si, toujours, les hommes, sur cette île, avaient voulu vivre au plus près de leurs morts.

— C'est incroyable !" s'exclama le vieux curé.

Garibaldo se leva, alla ouvrir la trappe par laquelle était apparu le curé quelques heures plus tôt et descendit. On l'entendit souffler comme un buffle dans la cave. Des bruits d'objets que l'on traîne par terre montèrent des sous-sols puis deux bras réapparurent qui déposèrent une caisse sur le carrelage en dégageant un nuage de poussière. Le géant s'extirpa tout entier de la trappe et déposa la caisse au pied de la table. Avec un couteau, il l'ouvrit et sortit les bouteilles en une seule fois – trois dans chaque main –, qu'il déposa sur la table, comme des trophées, en disant, avec un air vainqueur :

"Elles ne sont pas aussi vieilles que les souterrains de Malte, mais elles ont vécu plus longtemps qu'aucun d'entre nous."

C'étaient six bouteilles empoussiérées d'un vin napolitain épais comme le sang d'un buffle et noir comme les larmes qui coulent, chaque 24 avril, sur les joues en porcelaine de la Madone de Castelfiorito.

"Comment voulez-vous que j'aille travailler après avoir bu tout ça ? dit Grace d'une voix faussement plaintive. Je vais faire fuir le plus vicieux des marins albanais ! ajouta-t-elle et tout le monde rit avec franchise.

— Ce soir, répondit le curé, il ne s'agit pas de travailler mais de s'instruire." Et il ajouta avec la malice d'un vieillard qui prend plaisir à être scandaleux : "Tu feras tes cochonneries demain. Et ne t'inquiète pas pour les marins albanais, ils trouveront d'autres bouches pour se vider !…"

Il y eut un instant d'hésitation dans l'assemblée : la crudité des mots employés par l'homme d'Eglise avait étonné tout le monde, mais Grace se mit à rire d'un grand éclat de fille un peu soûle et les autres suivirent, riant de bon cœur aux plaisanteries salaces de ce curé qui avait l'âge d'être pape et parlait comme un boucher des quartiers nord.

"Permettez-moi, mais il y a mieux encore…, reprit le *professore*, heureux de constater qu'il avait conquis son auditoire et que tout le monde était maintenant prêt à le laisser parler pendant des heures. Connaissez-vous les portraits du Fayoum ?"

Seul Garibaldo fit oui de la tête. Le *professore* essaya alors de décrire au petit groupe l'étrange fixité de ces visages du Ier ou IIe siècle après Jésus-Christ. Les nobles, les paysannes, les femmes et les jeunes bergers, tous ces hommes de la Haute-Egypte regardant le spectateur avec de grands yeux ronds, pour l'éternité.

"On a avancé mille hypothèses sur le sens de ces portraits, dit-il. On a dit qu'il s'agissait de portraits mortuaires qui avaient pour vocation d'être disposés sur les catafalques. Que ces hommes nous regardaient depuis la mort. C'est vrai et faux. L'histoire est plus complexe. En 55 après Jésus-Christ eut lieu une grande crue du fleuve. Quelques jours plus tôt, un jeune berger avait prédit que le fleuve allait sortir de son lit et il avait essayé, en vain, de mettre en garde les villageois de la région. Seul un groupe de jeunes gens de son âge le crut et partit pour se mettre à l'abri. Le jour du cataclysme, tout fut balayé en quelques minutes. Le fleuve avala tout. Une immense vague de boue engloutit les maisons, les bêtes et les hommes. Tout fut anéanti. Lorsque les rescapés revinrent sur les lieux de leurs villages quelques jours plus tard, le fleuve avait retrouvé son lit normal mais il ne restait plus rien. A l'endroit des habitations, tout n'était que boue. Le soir même, ils préparèrent d'immenses funérailles. C'est alors qu'il se produisit quelque chose d'incroyable : les morts revinrent, sortant des eaux avec lenteur. Ils prirent place parmi les vivants, chantèrent avec eux, dansèrent avec eux. Partout ce n'était que pleurs et retrouvailles. Plus tard dans la nuit, lorsque la lune disparut derrière les nuages, les morts et les vivants s'accouplèrent. Ils volèrent cette étreinte au sort qui les avait séparés avec tant de violence. Les veuves retrouvaient leur époux. Les jeunes gens morts étreignaient les paysannes qu'ils s'étaient promis d'épouser de leur vivant. Il naquit des enfants de cette nuit improbable. C'étaient des êtres étranges : de grandes silhouettes pâles, qui ne parlaient pas. Ce sont eux que l'on voit représentés sur les portraits du Fayoum. Ils ont été peints pour que le monde sache ce qu'il s'était passé sur les bords du Nil. Pour que le monde sache que des hommes, ici, le temps d'une nuit, avaient vaincu la mort et la colère du fleuve."

Plus personne ne bougeait autour de la petite table. Grace et le curé buvaient les paroles du professeur comme deux enfants. Matteo, lui, sentait son sang chauffer. L'émotion le saisissait. Il serra les mâchoires et baissa les yeux. L'histoire du *professore* venait de le replonger dans ses douleurs intimes. Tout était là, à nouveau. Il sentait en lui une triste impuissance et une résignation mauvaise. C'était comme s'il venait d'endosser un grand manteau puant et que tout, autour de lui, fût à nouveau pesant et nauséeux. Son visage se rembrunit. Il but son verre d'une traite mais cela ne le soulagea pas. Le vin avait un goût amer qui lui fit regretter de l'avoir fini. Il était à nouveau saisi par des visions de son fils. Il revoyait Pippo allongé dans l'ambulance. Il revoyait Pippo courant derrière lui pour ne pas être en retard et gémissant parce que son père lui faisait mal au poignet.

"Que faut-il faire aujourd'hui pour faire remonter les morts ?" demanda-t-il avec une voix sourde.

La gêne s'empara des convives. Chacun savait à quoi faisait allusion Matteo et tous avaient peur qu'il ne craque et se mette à hurler comme un dément ou à pleurer sur son verre.

"Je ne sais pas", répondit calmement le *professore*.

Un sourire mauvais glissa sur les lèvres de Matteo. Si le *professore* lui faisait cette réponse, c'est qu'au fond, tout cela n'était que des mots.

"Tout ça, ce sont des histoires pour enfants, dit Matteo en regardant au sol avec dureté. Les morts ne remontent pas, *professore*.

— Non, effectivement, répondit le *professore* avec un calme égal. Mais vous pouvez descendre, vous."

Matteo le regarda avec stupeur. Il fut sur le point de lui demander : "Où ?" Mais il ne le fit pas. Au fond de lui, il savait qu'il avait bien compris. Descendre là-bas. Aux Enfers. C'est ce que voulait dire le *professore*. Pourquoi, à cet instant, n'éclata-t-il pas de rire, ou ne s'offusqua-t-il pas de cette mauvaise plaisanterie ? Pourquoi resta-t-il assis, laissant cette phrase tourner en lui comme si elle représentait une vraie hypothèse ? Les trois hommes, autour de lui, gardèrent la même immobilité. Aucun ne fut traversé par un frisson de surprise ou par un rire étouffé. Personne ne sembla considérer cette proposition comme démente. Pourquoi ? Etaient-ils tous devenus fous, hypnotisés par le même conteur qui continuait à les scruter avec sérieux, attendant une réponse ?

Alors, au milieu de cette pièce plongée dans la pénombre, Matteo parla. Et ce ne fut ni pour se scandaliser de ce qu'avait proposé le *professore*, ni pour le tourner en ridicule. Au lieu de sourire tristement et de saluer l'assemblée, au lieu de recommander à l'homme de se taire, ou de simplement hausser les épaules dans un geste de fatigue, il s'entendit demander :

"Comment ?" Comme si cette chose était parfaitement envisageable – comme si on pouvait sérieusement penser à une telle éventualité et que la seule difficulté du projet fût de trouver les moyens de la réaliser.

Il vit dans son regard que le *professore* attendait cette question. A peine l'eut-il posée que l'homme se leva et alla chercher sur la table une vieille sacoche de cuir. Il l'ouvrit devant ses compagnons impatients. C'était un amas de petites feuilles jaunies par le temps, noircies d'une écriture maniaque qui avait recouvert chaque centimètre. On aurait dit les cahiers décousus d'un dément. Dix ans de notes griffonnées avec fièvre dans le silence des bibliothèques embrumées du Sud de l'Italie. Il déballa méticuleusement un capharnaüm inimaginable de feuilles griffonnées, de papiers déchirés et de cartes annotées et les offrit au regard de ses compagnons avec, dans les yeux, l'ivresse de celui qui révèle ses secrets.

XIII

LA PORTE OUBLIÉE DE NAPLES

(novembre 1980)

"Je sais exactement ce que vous pensez… vraiment… je l'ai vu si souvent dans le regard de ceux qui m'écoutaient… croyez-moi, dit le *professore* avec malice. Je sais. Je suis fou. Je délire. Tout le monde me l'a dit. Mais vous vous trompez… Je n'invente pas ce que je vais vous dire. En aucune manière. Je n'ai fait que l'exhumer. Nous ne croyons plus en rien, nous autres. Et, pour ne pas nous en attrister, nous avons appelé cela le progrès. Les Anciens nous ont laissé des traces de ce qu'ils avaient découvert. Des cartes. Des textes. Des objets. Des représentations. Les chercheurs et les universitaires qui se penchent dessus les traduisent, les analysent, les commentent, mais, au fond, ils les méprisent. Car aucun d'entre eux n'y croit réellement."

Matteo et Garibaldo baissèrent les yeux. Ils étaient en train de se demander si le *professore* allait entamer un grand discours de persécuté. Il dut le sentir car il s'arrêta net, regarda longuement ses camarades et, lorsqu'il parla à nouveau, c'était pour dire les choses plus clairement :

"Il y a plusieurs portes d'entrée pour accéder aux Enfers."

Les hommes autour de la table se firent plus attentifs.

"Il y en a toujours eu, poursuivit le vieil homme. Particulièrement ici, chez nous, dans le Sud de l'Italie. Dans l'Antiquité, tout le monde le savait et cela ne semblait saugrenu à personne. Tenez. Regardez cette carte. Elle date de l'époque de la Grande Grèce. Le lac d'Averne, à quelques kilomètres de Naples, est désigné comme une porte. Pendant des siècles, les oiseaux qui passaient au-dessus mouraient asphyxiés par les gaz émanant des eaux. Le lac fut une entrée, puis la mort, probablement, décida de la sceller et d'en ouvrir une ailleurs. Pareil pour la Solfatara. J'y suis allé. Il reste là-bas une odeur puissante de soufre et un sol jaune qui pue l'œuf pourri et vous prend à la gorge – traces indéniables qu'autrefois, c'était un accès possible pour le monde d'En-Bas. Il y en avait d'autres. Je les ai toutes répertoriées. L'abbaye de Càlena. Les catacombes de Palerme, avant que les Siciliens n'y entreposent une population entière de squelettes en habit de ville. Les souterrains mystérieux de Malte. Les Sassi de Matera. Il y en avait beaucoup. J'ai mis deux ans à faire la carte des Enfers. Je l'ai là. Regardez."

Les amis, sidérés, se penchèrent sur la feuille que brandissait le vieil homme. On y voyait une carte du Sud de l'Italie, mouchetée par endroits de petits signes entourant le nom d'une localité.

"Qu'est-ce que c'est que cela ? demanda Matteo en pointant du doigt un petit cercle noir qui désignait un endroit sur le port de Naples.

— Une porte, répondit sobrement le *professore*.

— Ici ? A Naples ?

— Oui, dit le vieil homme. C'est celle-là qu'il faut emprunter. Personne ne la connaît. Il y a des chances qu'elle soit restée ouverte. Les autres, en revanche, ont dû être scellées depuis longtemps.

— Mais…", dit Garibaldo en levant sur le *pro-fessore* des yeux qui trahissaient la crainte comme si cet homme et sa folie, désormais, lui faisaient peur. Il ne put finir sa phrase et aucun d'entre eux ne sut jamais ce qu'il voulait dire car il fut interrompu par le curé Mazerotti qui s'était dressé d'un coup avec un air solennel de commandeur. Chacun des convives sursauta. Mazerotti était resté si silencieux depuis le début de la soirée, les yeux mi-clos, légèrement en arrière sur sa chaise, que tout le monde en avait déduit que l'alcool avait eu raison de lui et que, l'âge aidant, il s'était endormi. Ils se trompaient. Le curé n'avait pas perdu une miette de ce qui s'était dit. Et, s'il était resté ainsi prostré dans son silence, c'est que les récits du *professore* avaient jeté en lui un trouble profond. Plus le savant parlait et plus le sentiment croissait dans l'esprit du curé qu'il avait attendu cet instant toute sa vie. Cela faisait des années que l'iconographie chrétienne le laissait sceptique et qu'il ne croyait plus en la répartition tripartite de l'Au-Delà. Il avait cessé de parler à ses ouailles de paradis et de purgatoire et son cœur s'était rempli d'une fatigue ennuyée. Ce soir, d'un coup, le récit du *professore* avait fait renaître le désir de croire. Il était droit sur sa chaise, maintenant, le visage fermé et l'air martial, et il dit d'une voix qui fit trembler les autres :

"Je suis vieux, bouffé depuis des années par un mauvais cancer qui me fait chier du sang. Je vais crever un de ces jours dans cette église que j'ai dû barricader comme une forteresse parce que ces chiens du Vatican n'aiment pas l'allure de mes paroissiens. Je ne supporte pas l'idée d'attendre que la maladie ait fini de me ronger les os. Je vais descendre. Ça au moins, ça a un sens. Il faut bien que quelqu'un aille voir.

— Alors, nous serons deux", dit Matteo.

Matteo ne cessait de repenser à ce que lui avait dit Giuliana ce fameux jour : "Ramène-moi Pippo ou, si tu ne peux pas, apporte-moi au moins la tête de celui qui l'a tué." Il avait tout de suite opté pour la vengeance – ne voyant que ce chemin de possible, mais ce soir, au milieu de ces hommes étranges, il lui semblait envisageable d'essayer l'autre solution. "Ramène-moi Pippo", avait-elle dit. Il était bien décidé à le faire. Descendre là-bas. Pour le voir et le ramener. Ou, au moins, pour lui demander pardon et l'étreindre à nouveau.

"Si nous descendons, dit le curé en se resservant un verre, c'est ce soir. Je suis tellement pourri de l'intérieur que je ne sais pas si je vais survivre à cette nuit. Avec tout ce que j'ai bu, il ne serait pas étonnant que mes artères éclatent les unes après les autres. C'est ce soir ou jamais.

— Et nous ? demanda Grace avec une sorte d'inquiétude dans la voix.

— Vous nous accompagnerez jusqu'à la porte et attendrez, répondit le curé.

— Il ne servirait à rien de descendre tous, ajouta le *professore* qui voyait bien que Grace était tiraillée entre un désir de solidarité et une crainte profonde. De toute façon, nous serions probablement refoulés…

— Comment cela ? demanda Garibaldo intrigué par cette nouvelle information.

— S'il y a trop de vie en nous, la porte ne s'ouvrira pas. Il faut avoir en soi suffisamment de mort pour passer.

— Soit, répondit Garibaldo qui avait manifestement décidé de ne pas descendre. Nous attendrons que vous remontiez. Mais, avant de partir, je vais faire un café…"

Et il courut derrière le comptoir.

Les compagnons se rassirent avec patience. Ils l'entendirent ouvrir des bocaux, tirer des tiroirs, allumer des machines à moudre, à écraser, à mixer. Il s'agita comme un alchimiste sur le point de trouver le secret de la pierre philosophale, puis, au bout de dix bonnes minutes, revint avec un petit plateau rond sur lequel étaient disposées deux tasses à café. Le parfum qui en émanait était étrange – un mélange de liqueur douceâtre et d'amertume. On croyait reconnaître mille saveurs, le jasmin, le myrte, le citron, mais comme si chacune d'elles était mêlée à une odeur de brûlé. Matteo regarda dans la tasse : le café était rouge.

"Un café pour la mort, dit Garibaldo d'une voix grave. Qu'il vous tienne éveillés jusque dans l'Au-Delà."

Les deux hommes le burent d'une traite. Matteo eut immédiatement l'impression que les effets de l'alcool, qui lui avait un peu anesthésié les sens et brouillé l'esprit, venaient d'être balayés. Une chaleur puissante lui courait dans les veines.

"Si je survis à ce café, dit le vieux curé en reprenant son souffle, c'est que les vers ne sont pas près de me bouffer."

Les amis se levèrent. Matteo avait l'esprit clair. Il sentait ses muscles vigoureux. Il était résolu. Le vent frais de la nuit qui lui cingla les tempes lui fit du bien. Rien n'aurait pu le faire changer d'avis. Ni l'allure un peu grotesque de leur petit groupe, ni l'incongruité de la vision de ce professeur qui venait de déplier une carte pour mieux les diriger dans les ruelles. Le vent venait du large, apportant une humidité qui poissait un peu sur la peau.

"Si je n'en reviens pas, pensa Matteo, cela aura au moins été une belle dernière nuit pour conclure la vie d'un homme."

Le petit groupe se mit en marche. Le curé Mazerotti avançait lentement. Grace donna son bras
au vieux curé pour qu'il ne trébuche pas sur les
pavés noirs de la ville. Tout était silencieux et
incertain. Partout où ils passaient, ils faisaient
détaler de gros chats qui se carapataient dans les
tas d'immondices les plus proches ou disparaissaient sous les voitures. Les trottoirs, dans les
ruelles de la vieille ville, étaient jonchés d'or-
dures. Les gens du quartier les entassaient là, le
soir venu, sans se soucier des odeurs lourdes et
écœurantes qui glissaient le long des façades. La
ville s'endormait dans ce parfum de vomissures
et de poissons frits, comme un convive qui aurait
piqué du nez au beau milieu de la table où il a
festoyé, la joue à quelques centimètres de son
assiette souillée de restes.

Bientôt ils abandonnèrent les ruelles serrées
de Spaccanapoli et descendirent les grandes avenues en direction du port. Aucune voiture ne les
dépassa. Tout était vide. Matteo regardait la ville
avec étonnement. Il la connaissait par cœur. Il
l'avait si souvent parcourue, dans sa voiture, à
cette heure avancée de la nuit, mais là tout lui
semblait étrange et différent. Ils avançaient à
pied, au rythme hésitant de pèlerins perdus en

terre étrangère. C'était un petit groupe serré d'hommes qui tâtonnaient dans la nuit, comme des aveugles se tenant les uns les autres par le bras ou l'épaule pour ne pas risquer de se perdre – comme des fous dans une barque qui glissent en silence sur les eaux, les yeux grands ouverts sur un monde qu'ils ne comprennent pas.

Ils arrivèrent bientôt à Castel Nuovo et prirent alors sur la gauche la longue avenue qui longe la mer, la via Nuova Marina. Ils marchèrent sur le trottoir de gauche, laissant les voitures défiler dans les deux sens entre eux et le port. Le *professore* titubait légèrement et Garibaldo se demanda si c'était le signe d'une faiblesse physique due à ses blessures, ou les traces de tout l'alcool qu'il avait absorbé.

Enfin, ils arrivèrent sur la place de l'église Santa Maria del Carmine, une grande place sombre et triste – ouverte du côté de la mer. La place, de jour, servait à la fois de marché et de parking. A cette heure de la nuit, elle se peuplait d'une population boiteuse et laide. De partout sortaient des affamés, des ombres à la recherche d'ivresse et de sexe. C'est ici que venait travailler Grace, la plupart du temps. Les travestis y côtoyaient les prostituées, chacun dans son coin, avec en partage le peuple des épaves qui allaient d'un groupe à l'autre selon l'humeur et l'intensité de leur désespoir. C'était une prostitution de miséreux qui n'avait rien à voir avec les bordels traditionnels des quartiers espagnols, ou les établissements rococo du Vomero. Ici, les corps se touchaient, mi-malades, mi-excités, et les billets qui se donnaient en échange d'une pauvre passe étaient aussi sales et fripés que les mains qui les prenaient.

Dès qu'il fut sur la place, le petit groupe fit naître de toutes parts une mauvaise curiosité. Comme aimantées par l'argent, les silhouettes voûtées et claudicantes de ce peuple de fiévreux s'approchèrent d'eux. Ils voulaient les sentir, les renifler, les pousser, les voler, leur prendre tout puis les laisser derrière eux comme des sacs à main éventrés que l'on abandonne sur le trottoir.

Mais, dès qu'ils reconnurent Grace, ils firent un pas en arrière et les laissèrent passer. Elle les tint à distance, en les injuriant et en les appelant par leurs noms. "Toi, pourceau de Naza, recule un peu, tu nous étouffes avec ta puanteur ! Et toi, Dino, laisse passer les messieurs. Tu ferais vomir un rat avec tes yeux méchants !"

Et, lorsque cela ne suffisait pas, elle n'hésitait pas à les humilier en révélant les secrets qu'elle connaissait. "Crétin de Raf', tu veux que je raconte à tout le monde comment tu aimes que je te mette, les soirs d'été ?…"

Elle leur parlait comme à des chiens, les houspillant les uns après les autres, et cela marcha. Ils restèrent à distance suffisamment longtemps pour leur laisser le temps de parvenir à l'extrémité de la place.

"Par là ! Par là ! dit le *professore* en montrant la mer.

— Il n'y a rien par là", rétorqua Garibaldo.

En effet, une fois traversée la via Nuova Marina, il n'y avait qu'un petit terre-plein couvert de canettes vides, de seringues cassées et d'hommes avachis, puis se dressaient les grilles qui protégeaient l'entrée du port.

"Les tours !" dit le *professore* en faisant signe de traverser.

Sur le terre-plein qui séparait les deux voies se dressait en effet une petite tour large et tronquée.

Puis, après la seconde voie, au pied des grilles de la capitainerie, une seconde. Elles étaient laides. Probablement d'époque ancienne, mais tellement rafistolées avec de la brique que cela leur donnait un aspect parfaitement quelconque. On aurait dit deux verrues jumelles.

Lorsqu'ils traversèrent et atteignirent le premier terre-plein, ils furent comme sur un îlot, entourés par les deux voies rapides sur lesquelles, à cette heure, les voitures roulaient comme des bolides.

"C'est là ! C'est là !" ne cessait de répéter le *professore* en montrant la tour du doigt.

Garibaldo et Matteo s'approchèrent et entreprirent aussitôt de débroussailler l'entrée de toutes les herbes folles, les ronces et les roses trémières qui l'encombraient. Puis ils poussèrent la porte qui céda sans trop d'effort dans un craquement fatigué de bois vermoulu. Un air frais monta de l'escalier – comme le souffle d'une grotte ou d'un sarcophage.

"Allons-y, dit alors le vieux curé Mazerotti, sans la moindre hésitation, avec une vigueur dont personne ne l'aurait cru capable.

— Nous attendons ici", dit Garibaldo.

Alors le vieux curé, pour bien montrer à ses camarades qu'il connaissait les risques qu'il encourait à tenter une telle descente à son âge et qu'il ne se faisait guère d'illusions sur sa capacité à résister à une telle épopée, prit dans ses bras, tour à tour, Grace, Garibaldo et le *professore* en murmurant à chacun un "adieu" plein d'émotion. A Grace, il ajouta avec un regain de combativité : "Ne les laisse pas mettre un peigne-cul dans mon église lorsque je n'y serai plus."

Ce fut au tour de Matteo de saluer ses amis un à un. Il fut sur le point de demander à Garibaldo de prévenir sa femme, Giuliana, de tout ce qui arriverait mais cela lui parut dément et il ne le fit pas. C'est pourtant plein de son visage à elle qu'il contempla une dernière fois la ville qui l'entourait. Lorsqu'il baissa la tête pour commencer la descente, lorsqu'il passa devant le vieux curé et entra dans la tour, il était plein de sa voix à elle. Giuliana qui avait demandé ce qu'aucune autre femme n'aurait osé demander. "Ramène-moi mon fils." Giuliana, qui était sans doute l'unique raison pour laquelle il était là et qui n'en saurait jamais rien. Giuliana, femme d'amour au visage giflé. Giuliana aux traits éteints par la tristesse mais aux yeux de colère. Giuliana qui disait si souvent "Pourquoi ?" en se tordant les mains – mais pas comme l'auraient fait la plupart des autres femmes, dans une longue plainte inutile, en posant vraiment la question – et en maudissant ce monde qui ne pouvait y répondre. Giuliana qui était en lui et lui faisait bouillir le sang.

XIV

LA PORTE DES GOULES

(novembre 1980)

Matteo et don Mazerotti descendirent avec beaucoup de précaution l'escalier aux marches hautes et irrégulières. L'absence de lumière les faisait hésiter à chaque pas. Matteo avançait en tête. Il tâtonnait le long des parois et se retournait régulièrement pour vérifier que le vieux curé suivait sans encombre. Le vieil homme se sentait de plus en plus mal, mais ne disait rien. Le sang battait avec tumulte dans ses veines. Il avait des vertiges et devait s'accrocher à la roche pour ne pas tomber, priant pour que le malaise soit passager et qu'il puisse continuer sa descente. Ses forces l'abandonnaient. Une faiblesse nouvelle s'était emparée de lui. Il prit cela pour l'annonce de la fin, mais il voulait aller jusqu'au bout, suivre Matteo, lutter contre la pesanteur de son propre corps et poursuivre. Il mourrait après, pensait-il, lorsqu'il aurait vu ce qu'il y avait au bout de ce couloir.

Après une heure de marche dans l'obscurité, Matteo sentit enfin qu'il avait atteint le sol de ce qui devait être une grotte. Etrangement, l'obscurité devenait moins épaisse. Une sorte de lueur pâle flottait partout. Ce n'était pas assez pour savoir avec précision où ils se trouvaient mais suffisamment pour discerner l'aspect des salles.

Les deux hommes firent une pause pour reprendre leur souffle. Aucun d'eux n'avait envie de parler. Ils ne savaient pas où ils étaient, au-devant de quoi ils allaient et, même, s'ils étaient bien décidés à poursuivre… Le lieu les impressionnait. Le vieux curé mit du temps à retrouver sa respiration régulière – et, pendant longtemps, le sifflement de son souffle emplit les salles, ponctué seulement par la chute d'une goutte d'eau qui s'écrasait au sol dans un tintement de cristal.

Ils commencèrent leur marche dans ce qui se révéla très vite être une sorte de labyrinthe. Les salles – toutes petites et basses – s'enchaînaient les unes aux autres. Les chemins étaient innombrables. Chaque salle avait deux ou trois accès. Ils sentirent qu'il ne fallait pas chercher un sens à cette succession infinie de grottes, mais juste avancer. Ils décidèrent que le hasard serait leur guide. Il était possible qu'ils se perdent, comme il était possible qu'ils arrivent au même endroit quel que soit le chemin emprunté.

L'état de don Mazerotti semblait s'aggraver. Plusieurs fois, Matteo dut s'arrêter pour recueillir un peu d'eau glacée qui coulait le long des parois et la porter aux lèvres du vieillard. Cela le rafraîchissait un instant, mais très vite le feu de sa gorge reprenait et il sifflait à nouveau.

Après quelques heures de cette marche chaotique, Matteo s'arrêta net. Il avait passé la tête dans une porte de plus, s'attendant à entrer dans une nouvelle salle identique aux autres, mais ce qu'il avait sous les yeux le laissa bouche bée. Il appela le curé pour qu'il s'approche. Ils étaient parvenus sur le seuil d'une salle si vaste qu'ils n'en voyaient plus les parois, ni sur les côtés ni en hauteur. La grotte immense s'étendait devant eux. Elle était recouverte d'une sorte de maquis épineux, dense et touffu. Les arbustes qui avaient poussé sur la roche étaient de la hauteur d'un homme.

"C'est le Bois hurleur", murmura don Mazerotti, sidéré par ses propres paroles. Il ne savait pas d'où lui venait cette certitude. Il était certain de n'avoir jamais rien lu concernant ce bois, ni vu la moindre illustration qui le représentait, mais il avait parlé avec une absence totale de doute, et il poursuivit, expliquant à Matteo des choses que, quelques instants plus tôt, il ignorait totalement.

"C'est le dernier obstacle pour perdre les importuns ou les effrayer." Puis, secoué par une crise de tremblement qui le laissa pâle et exténué, il dit : "Je ne sais pas si je vais pouvoir continuer."

Matteo ne répondit rien, mais il le saisit par le bras et le serra fort contre lui. Il n'était pas question qu'il fasse le chemin seul. Ils ne se sépareraient pas. Ils reprirent leur marche doucement, cahin-caha, et s'approchèrent du bois.

De près, les arbustes étaient encore plus sinistres que de loin. C'étaient des plantes noueuses, aux mille épines, aux fleurs grises semblables à des chardons. Elles étaient emmêlées les unes aux autres, ce qui en rendait la pénétration impossible.

A peine les deux hommes se furent-ils approchés et eurent-ils commencé à se frayer un chemin que les arbres s'animèrent imperceptiblement, comme si un vent léger les faisait onduler ou qu'un frisson de surprise les parcourait. Matteo et Mazerotti marchèrent tant bien que mal, en se protégeant le visage des mille petites coupures que provoquaient les épines lorsqu'on essayait de forcer le passage. Des sentiers étroits étaient tracés au sol mais les arbres, en bougeant, leur griffaient les flancs. Tout s'assombrissait. Bientôt, la végétation, autour de leur tête, forma un toit d'épines. Ils étaient au cœur du massif qui semblait vivre.

C'est alors que les premiers cris retentirent, d'abord lointains comme des gémissements d'agonisant puis plus proches et menaçants. La forêt s'animait comme la mer qui enfle à l'approche du grain. Le mouvement des arbres était plus ample, plus chaotique aussi. Ils les sentirent arriver. Instinctivement, ils rentrèrent la tête dans les épaules, mais cela ne servait à rien. Des ombres fondaient sur eux. Certaines leur bourdonnaient aux oreilles comme des mouches carnivores, d'autres piquaient sur leur tête comme des oiseaux fous. A l'instant où elles les frôlaient, elles prenaient l'apparence de goules horribles, de gargouilles asséchées par le temps, puis elles retrouvaient leur forme vaporeuse, tournaient dans les airs avant de fondre à nouveau sur les visiteurs. Leurs cris déchiraient les tympans. C'étaient des plaintes animales – comme si une vache avait voulu pousser des cris de hyène. Elles essayaient de mordre, de griffer, tournoyaient sans cesse. Elles n'avaient aucun corps et ne pouvaient causer aucune blessure mais leur haine vibrionnante faisait naître une peur panique. Bientôt, il y en eut des centaines qui se pressaient autour de Matteo et du curé, comme un essaim d'abeilles, allant, venant, ne lâchant jamais leur proie.

Le curé Mazerotti chancela. Il était à bout de forces. Le harcèlement des ombres l'épuisait. Matteo lui hurla avec rage, pour couvrir le vrombissement qui les entourait : "Jusqu'au bout, don Mazerotti ! Jusqu'au bout !" Les deux hommes tinrent bon, serrés l'un contre l'autre comme deux aveugles dans la foule.

Petit à petit, les goules furent moins nombreuses et leurs cris moins puissants. Elles lâchaient prise, comme si Matteo et Mazerotti, à force de poursuivre leur marche avec obstination, avaient fini par sortir de leur territoire.

Ils ne s'arrêtèrent pas tout de suite pour souffler, certains que, s'ils le faisaient, ils ne trouveraient jamais la force de repartir. Ils marchèrent encore, d'un pas traînant de blessés. Ils réussirent enfin à sortir de la forêt, exsangues, et tombèrent à terre à la fois soulagés et terrifiés. Devant eux, à quelques mètres, se dressait une porte aux dimensions titanesques. Elle était haute de plus de dix mètres, noire et lourde comme les siècles. Sur les deux battants en bronze avaient été sculptés des centaines de visages défigurés par la souffrance et l'épouvante. Les sculptures ressemblaient aux ombres qui les avaient harcelés. C'était comme si le bronze les avait faites prisonnières, bouches édentées, riant, bavant, criant de rage et de douleur. Visages borgnes et mâchoires tordues. Crânes cornus et langues de serpent. Toutes ces têtes, les unes sur les autres, empilées dans un horrible capharnaüm de dents et d'écailles, jaugeaient le visiteur et lui intimaient l'ordre de ne plus faire un pas. C'était la porte que l'on n'ouvre pas, celle du monde d'En-Bas où ne vont que les morts. Matteo et Mazerotti étaient arrivés au seuil des deux mondes et leurs corps d'hommes épuisés leur parurent dérisoires face à la monstrueuse éternité du bronze.

D'un coup, le curé Mazerotti s'affaissa. Il s'était levé pour contempler la porte de plus près, poser les mains sur les sculptures pour en admirer l'ouvrage et essayer de découvrir une serrure ou un moyen d'ouvrir les deux battants, et avait défailli. Il gisait maintenant à terre, la main sur la poitrine. Il résistait encore de toutes ses forces contre le mal qui lui rigidifiait les membres et l'empêchait de respirer mais il comprenait qu'il était temps de capituler. Matteo se précipita sur lui et lui prit la tête entre les mains. Il lui parla d'abord avec douceur, puis, voyant que le vieil homme l'entendait à peine, avec plus de vigueur. Don Mazerotti avait le teint grège et les lèvres blanches. Il ne sentait plus les mains de Matteo et n'entendait plus ses paroles. Ses yeux fixaient le vide comme s'il y voyait des ombres danser. Il murmurait si bas que même en se penchant Matteo ne parvint pas à savoir s'il s'agissait de prières ou d'ultimes recommandations. Tout, autour d'eux, devint doucement plus froid. L'air qui les entourait semblait chargé de givre. Matteo cherchait désespérément un moyen de soulager son compagnon, de lui faire reprendre des forces – mais il ne savait comment s'y prendre. Alors il parla. Il supplia le vieil homme de tenir. Il le lui demandait avec ferveur. "Il faut se lever, don Mazerotti. Allez ! Vous m'entendez ?" Sa voix se perdait dans l'air gelé. "Don Mazerotti, accrochez-vous. Je vais rester là. Regardez-moi. Vous devez tenir." Et le vieil homme clignait des yeux – signe qu'il entendait mais était trop faible pour répondre. "Don Mazerotti, nous allons reprendre la marche. Il faut entrer." Matteo continuait mais, d'un coup, une sorte de sourire étrange passa sur les lèvres du curé et, rassemblant toutes ses forces, il serra les poings en disant, avec une voix de caverne : "Suis-moi", puis il jeta la tête en arrière dans un dernier râle et mourut. Matteo se figea. Il vit le torse du curé s'affaisser comme si la mort pressait dessus pour en extraire le dernier filet de vie et baissa la tête, comme un homme vaincu.

C'est alors que tout se mit à bouger. Une ombre flotta à quelques centimètres du corps du vieil homme. Elle se dirigea vers la porte et un bruit sourd de gonds rouillés retentit. La porte des Enfers s'ouvrait. Matteo resta bouche bée. Les deux battants s'écartaient avec la lenteur des siècles. C'était comme si toutes les trognes de monstres sculptés prenaient vie. Elles semblaient gémir et grincer des dents, affamées par cette vie qui venait de s'éteindre et qui allait bientôt leur être présentée.

Matteo se leva. Il ne pensait plus à rien. Il savait simplement que c'était le moment, qu'il devait profiter de cet instant. Il suivit l'ombre et entra, laissant derrière lui le cadavre de don Mazerotti avec son étrange sourire sur les lèvres.

XV

LE PAYS DES MORTS

(novembre 1980)

La porte s'était refermée. Matteo se trouvait devant un territoire immense. Il voyait à ses pieds une plaine couverte d'herbe noire, semblable à ces champs que les paysans toscans brûlent en été pour les fertiliser. Rien d'autre ne poussait, à perte de vue, que cette petite herbe rase, noire et sèche, qui craque sous le pied. On y voyait comme lors d'une nuit claire, mais cela était étrange car aucun astre n'était visible qui aurait pu expliquer cette luminosité, ni lune ni étoile.

Aux côtés de Matteo se tenait l'ombre de don Mazerotti. Le même homme en tout point – même taille, même corpulence, mêmes traits mais sans épaisseur. Le corps était resté de l'autre côté de la porte, l'ombre, elle, allait où vont les âmes mortes. Il ne restait plus à Matteo qu'à la suivre. Elle lui montrerait le chemin et l'emmènerait jusqu'au cœur du royaume.

Ils se mirent en mouvement. Ils perçurent vite une rumeur lointaine comme un bruit sourd de cascade et de fracas. Matteo avançait d'un pas craintif, observant tout ce qui l'entourait avec méfiance. Il redoutait de faire du bruit, craignant de se sentir à tout moment pénétré par cette mort qui l'enveloppait, ou de voir des créatures hideuses venir lui griffer le visage et lui manger la vie.

Le bruit, bientôt, fut assourdissant. Ils étaient parvenus à la rive d'un immense fleuve. Matteo s'arrêta et contempla les eaux qui grondaient devant lui. Elles étaient noires comme une poix épaisse et faisaient une écume grise qui giclait çà et là, dans de grandes gerbes tumultueuses de plusieurs mètres. Des tourbillons passaient à toute allure. L'eau grondait, giclait, remuait comme si elle allait sortir de son lit trop étroit pour contenir sa rage.

"Qu'est-ce que c'est ? demanda Matteo.

— Le fleuve des Larmes, répondit l'ombre du curé avec une voix sans intonation. C'est la torture des âmes. Elles y sont ballottées en tous sens et gémissent."

Matteo regarda avec plus d'attention. Dans les eaux, il distinguait maintenant, effectivement, une multitude d'ombres qui gesticulaient comme des noyés, luttant en vain contre le courant. Il les avait d'abord confondues avec l'eau du fleuve mais, maintenant que son regard devenait plus attentif, il comprenait que le fleuve n'était fait presque que de cela : des milliers d'ombres, les unes sur les autres, portées par le même courant, renversées sans cesse et fouettées par les eaux. Un fleuve d'âmes hurlantes.

"Que faut-il faire ?" demanda Matteo avec terreur – et la réponse que lui fit l'ombre de Mazerotti était celle qu'il redoutait : "Traverser." Puis, comme Matteo ne bougeait pas, elle ajouta : "N'aie crainte, le fleuve n'aura pas de prise sur toi." Ils s'approchèrent encore, jusqu'à être au bord de la rive. Alors, sans un mot, le curé glissa dans les eaux. Matteo entendit un long gémissement sortir de l'ombre de son camarade. Il essaya de la suivre des yeux – comme un bout de bois dans une tempête que les vagues ne cessent d'avaler et de recracher – mais il la perdit de vue. Elle était déjà trop loin. Matteo attendit encore un peu, puis il dut se résoudre à pénétrer doucement dans le fleuve. Il fut sidéré. Il n'avait, en fait, de l'eau que jusqu'à la poitrine, une eau noire et violente qui giclait à gros bouillons comme si elle était en rage. Tout le reste était constitué d'ombres charriées par le courant. C'étaient elles qui, de loin, donnaient l'impression d'un fleuve qui bondissait en hauteur. C'étaient elles qui formaient des tourbillons et gémissaient. Maintenant qu'il était plongé en elles, il comprenait ce qu'elles subissaient. Leurs cris lui parvenaient, leurs suppliques, leurs pauvres plaintes. Durant la descente du fleuve des Larmes, les âmes mortes revoyaient toute leur vie, non pas telle qu'elles s'imaginaient l'avoir menée mais enlaidie par la malveillance des eaux. Le fleuve les battait et les rebattait, les jetait sur les rochers, leur précipitait la tête sous l'eau et leur offrait une vision de leur existence qui les navrait et les déroutait, le plus souvent ni totalement bonne ni vraiment mauvaise mais enlaidie de mille hésitations, de mille bassesses qui l'alourdissaient. Face à ces images, les âmes gémissaient. Là où elles se souvenaient d'avoir été généreuses, elles se voyaient mesquines. Les moments de beauté étaient entachés de petitesse. Tout devenait gris. Le fleuve les torturait. Il n'inventait rien mais accentuait ce qui avait été. Celui qui, au moment de se battre, avait eu une seconde d'hésitation devenait un lâche. Celui qui, par pure rêverie, avait pensé à la femme d'un ami se voyait comme un pourceau lubrique. Le fleuve enlaidissait la vie pour que les âmes la laissent derrière elles sans regret. Ce qu'elles avaient aimé devenait méprisable. Ce dont elles se souvenaient avec bonheur leur faisait honte. Les moments lumineux de leur existence devenaient poisseux. Au sortir du fleuve, battues et rebattues par les eaux, les âmes étaient prêtes à ne plus jamais retourner à la vie. Elles allaient désormais où les portait la mort d'un pas lent, tête basse.

En traversant les eaux du fleuve, Matteo ne put réprimer ses larmes. Il pleura sur toutes ces vies honnêtes et joyeuses qui, d'un coup, se trouvaient laides et haïssables. Il pleura sur ces êtres qui se croyaient maintenant vicieux alors qu'ils avaient été loyaux. Il pleura sur ce fleuve de tourment qui volait aux morts les plus beaux souvenirs de leur vie – pour qu'ils soient désormais ternes et obéissants, des ombres sans trépignement ni désir, qui s'aggloméraient à la foule immense de ceux qui n'étaient plus rien. Il pleura sur la cruauté de la mort qui se joue ainsi des âmes pour asseoir son pouvoir et pour que ne règne sur son royaume sans fin, comme cela a toujours été, que le silence résigné de ceux qui ne savent plus ce que furent le désir, les larmes, la rage et la lumière, et qui marchent sans savoir où ils vont, creux comme des arbres morts dans lesquels siffle le vent.

Lorsque Matteo atteignit l'autre rive, il retrouva l'ombre de Mazerotti. Elle se tenait à ses côtés, mais elle semblait plus chétive, affligée par une profonde tristesse. Le fleuve avait eu sur elle son effet dévastateur et elle traînait les yeux au sol comme un chien fatigué.

Soudain, Matteo releva la tête. Un bruit grandissant s'approchait d'eux.

"Vite, souffla l'ombre de Mazerotti, cachons-nous" et elle l'entraîna à l'opposé de la rive. Ils gravirent à toute allure une sorte de petite colline noire faite de scories qui se dérobaient sous les pieds, puis, une fois en haut, Matteo se tapit au sol pour ne pas risquer d'être vu et embrassa du regard le fleuve qu'il venait de franchir.

"Regarde bien, murmura Mazerotti avec une voix sifflante, ce sont les ombres qui veulent à tout prix revenir à la vie, celles qui ne se résolvent pas à mourir. Elles courent comme des démentes pour repasser le fleuve dans l'autre sens, elles chargent et crient, mais les soldats de la mort, toujours, les repoussent."

Matteo ne tarda pas en effet à voir affluer des ombres de partout. On aurait dit une armée chaotique lancée au combat. Elles avançaient, impatientes de plonger dans le fleuve, de le traverser et de fouler à nouveau la terre des vivants. Mais de hautes silhouettes d'un noir de quartz les en empêchaient. Ces géants squelettiques lançaient leurs bras et interceptaient les fuyards. Ils les attrapaient comme on attrape des feuilles, par pleines brassées, et les repoussaient sans difficulté.

"Il y a deux sortes de morts qui essaient sans cesse d'atteindre le fleuve, commenta le curé à voix basse. Les premiers sont les ombres des enfants mort-nés. Ils n'ont pas eu de vie, sont passés directement du ventre de leur mère aux terres sèches des Enfers. Ils s'agglutinent sur les berges du fleuve comme des insectes attirés par la lumière. Ils veulent vivre, ne serait-ce que quelques heures. Mais les soldats de la mort les repoussent sans cesse.

— Et les autres ? demanda Matteo.

— Ce sont ceux qui sont morts d'une mort violente, arrachés à la vie en une seconde, succombant à un accident ou à un crime alors qu'ils avaient encore tant de choses à accomplir. Ce sont les plus fous et les plus courageux. Ils ne se lassent jamais et tentent éternellement leur chance. Ils veulent à tout prix achever ce qu'ils ont laissé là-bas, reprendre leur vie à l'instant où on la leur a volée. Ils ont manqué au monde du jour au lendemain, ils sont partis sans pouvoir dire au revoir à ceux qu'ils aimaient et ils bouillonnent de rage pour l'éternité.

— Alors, dit Matteo avec la gorge serrée, c'est parmi eux que doit être Pippo.

— Non, répondit Mazerotti, ton fils est mort par accident mais il n'avait pas encore décidé de ce que serait sa vie.

— Alors, il est parmi les mort-nés ? demanda Matteo.

— Non plus", lui répondit Mazerotti.

Matteo regarda dans la direction de la colline des mort-nés. Il découvrit une crête couverte d'ombres, de petites ombres peureuses, serrées les unes contre les autres comme pour se tenir chaud. En y regardant de plus près, il s'aperçut que les enfants avaient les yeux scellés et la bouche cousue. Ils ne voyaient rien, ne criaient pas. Certains étaient morts dans les entrailles chaudes de leur mère – victimes d'une poche qui se crève, d'un poison qui se déverse dans leur corps ou d'une membrane qui se tord et leur asphyxie le cerveau. D'autres avaient eu le temps de sentir le grand corps qui les entourait gémir, la lumière de la vie leur percer les paupières, ils avaient crié, gesticulé, puis cette vie qui les brûlait de partout avait soudainement décidé de se retirer et ils étaient devenus tout pâles et inertes comme des chatons morts.

Sur leur colline, ils s'entassaient les uns sur les autres, ne comprenant pas où ils étaient, ne sentant obscurément que la présence d'autres comme eux – seule chose capable de les rassurer dans leur monde de terreurs obscures.

Matteo détourna le regard. Ce spectacle était insupportable. Le destin de ces êtres qui ne connaîtraient jamais la vie, qui n'auraient jamais la chance de l'aimer ou de la maudire, qui étaient morts avant d'avoir pris forme, lui retournait le cœur. C'étaient des avortons de vie et personne ne pouvait les contempler sans frémir car, au fond, quel sens avait tout cela ?

"Si tu veux retrouver ton fils, dit le curé Mazerotti – et cette voix sortit Matteo de sa tristesse –, il faut aller au cœur du royaume, là où la mort entasse les trépassés.

— Je te suis", répondit Matteo. Et ils quittèrent l'endroit où ils s'étaient postés, laissant derrière eux l'horrible jeu de ces ombres qui, toujours, essayaient de s'enfuir et de ces gardes qui, toujours, parvenaient à les reprendre – sans que jamais aucune d'entre elles, depuis la naissance des mondes, eût réussi à échapper aux Enfers.

L'ombre du curé Mazerotti mena Matteo jusqu'à une haute barre rocheuse. Une entrée monumentale y avait été creusé comme la porte d'une mine ou l'ouverture d'un monde troglodytique. Devant la montagne, tout autour de la porte, poussaient de hauts arbustes épineux qui formaient une véritable barrière végétale.

"Il faut traverser, dit l'ombre.

— Qu'est-ce que c'est ? demanda Matteo.

— Les Buissons sanglants", répondit le curé.

Matteo était maintenant parvenu si près des arbustes qu'il pouvait observer pleinement cet entremêlement inextricable d'épines et de troncs noueux. Il fit un pas pour se frayer un chemin et les branches lui griffèrent la peau. De petites entailles lui lacérèrent le visage, les jambes et le torse. Il essaya de se contorsionner mais il était impossible de traverser en évitant les griffures. Çà et là pendaient des bouts de chair rouges qui gouttaient encore d'un sang sombre sur le sol. Matteo les regarda avec un air horrifié :

"Ce sont les lambeaux de chair des vivants, lui dit l'ombre de Mazerotti.

— Y a-t-il d'autres vivants qui sont venus ici avant moi ? demanda Matteo.

— Non, mais chaque mort, en disparaissant, emmène avec lui un peu des vivants qui l'entourent.

Le père qui a perdu son fils, l'épouse restée veuve, celui qui a survécu à tous ses camarades. Le défunt avance aux Enfers avec une longue traîne plaintive. Mais pour ces morceaux de vivants, pour ces bouts sanguinolents, il est interdit de pénétrer plus avant dans le pays des morts. La barrière des buissons épineux les accroche et ils restent ici pour l'éternité."

Matteo observa tout autour de lui. Les arbustes qui l'entouraient étaient pleins de morceaux de viande. Ils pendaient lamentablement comme les offrandes que l'on ferait à un dieu cannibale ou les restes puants d'un carnage. C'était donc là que finissait la partie des vivants happée par le deuil. Il devait y avoir des bouts de lui-même dans ces arbustes. Et de Giuliana. La partie d'eux-mêmes qui avait suivi Pippo dans la mort. Il dut se faire violence pour ne pas avoir un hoquet de nausée et reprendre ses forces. Puis, décidé à passer coûte que coûte, il traversa avec rage la barrière d'arbustes, laissant les ronces lui labourer la peau. Lorsqu'il s'extirpa de la masse touffue des végétaux, il poussa un cri de soulagement et entra dans la grande salle creusée à même la roche.

Il fut surpris par le silence qui y régnait. On aurait dit qu'une force étrange étouffait les bruits. Il n'y avait pas un craquement, pas un roulement de gravier, pas le moindre frémissement d'insecte. Petit à petit, Matteo sentit des picotements dans les doigts. Son estomac se noua et il se mit à suer. Il avait peur. Une frayeur viscérale montait en lui. Ses membres tremblaient sans qu'il parvînt à les contrôler. Une sueur froide lui perla le front et il commença à avoir du mal à respirer. Il finit par murmurer à l'ombre du curé :

"Il faut que je sorte ou je vais me mettre à crier."

L'ombre s'approcha alors de son visage, lui colla les lèvres à l'oreille et lui parla pour que la peur, doucement, le quitte.

"Nous traversons les salles vides qui attendent les morts à venir. C'est pour cela que tu as peur. Les murs sentent notre présence et trépignent d'impatience. Ces pièces immenses seront bientôt remplies. Ici s'entasseront les générations que tu as vues naître. Le temps passe et il faut faire de la place. Le territoire des Enfers ne cesse de croître. Des salles, encore et encore. Des salles grandes et profondes pour entasser les cadavres de demain. Ce silence, tout autour de nous, ce silence qui te glace, c'est celui de l'attente. La pierre a hâte de recevoir ses visiteurs."

Matteo regarda au loin. Une source de lumière illuminait le fond de l'immense salle dans laquelle ils se trouvaient. Il éprouva un soulagement à la vue de cette lueur et pressa le pas.

"Qu'est-ce que c'est, là-bas ?" demanda-t-il. Et, comme le curé ne répondait rien, il accéléra encore pour atteindre l'extrémité de la salle. Quand il fut plus près, il se rendit compte que la pièce se prolongeait par une sorte de terrasse. Matteo approcha. Il dominait une immense vallée plongée dans la pénombre. Il s'avança pour embrasser du regard toute la vue. Le paysage était laid. La terre avait l'air ravagée par une sorte de maladie de peau. Elle était grise et marbrée. Par endroits, elle craquelait de sécheresse, ailleurs, elle vomissait des bouillons de vase putride. Rien n'y poussait que des arbres tordus sans feuilles. Matteo aperçut deux torrents qui dévalaient les pentes abruptes pour aller mourir plus bas dans la vallée. Le premier était parasité par des centaines de milliers d'insectes qui formaient, à sa surface, une sorte de nuage vrombissant. Dans l'autre, l'eau, malgré la pente, était immobile. Pas de courant, pas la moindre vague, elle croupissait depuis des milliers d'années dans une odeur de vase épaisse.

Au loin, au centre de la vallée, sur un promontoire qui semblait être une sorte de montagne de charbon, s'élevait une ville. Elle avait l'air austère des citadelles abandonnées par le temps. Pas un bruit ne la traversait, pas une vie ne l'habitait. L'architecture était belle. On distinguait de hauts palais sombres comme la suie. Il y avait des rues, des places, des terrasses et des jardins, mais tout était vide. Le vent lui-même ne s'aventurait pas dans le lacis des ruelles.

"C'est la citadelle des morts, dit l'ombre du curé.

— Où est-elle ? demanda alors Matteo avec une curiosité nouvelle dans la voix.

— Qui ?

— La mort.

— Partout autour de toi, répondit le curé. Dans chaque recoin d'obscurité. Sous chaque pierre posée ici depuis des millénaires. Dans la poussière qui vole et le froid qui nous saisit. Elle est partout."

Matteo garda le silence. Il observait tout autour de lui et il lui sembla effectivement que l'ombre disait vrai. Il était au cœur de la mort. Il la respirait, il marchait dessus, il en était enveloppé. Tout à coup, l'ombre s'anima et le curé lui fit signe de le suivre.

"Où vas-tu ? demanda Matteo.

— N'entends-tu pas ?" répondit le curé.

Matteo prêta l'oreille. Au loin, en effet, montait une sorte d'immense clameur étouffée. "Qu'est-ce que c'est ?" demanda-t-il mais l'ombre ne répondit rien. Elle se pressa dans cette direction et Matteo dut la suivre. Il laissa derrière lui le spectacle de la citadelle des morts, presque à regret tant il avait trouvé cette ville d'une étrange beauté, impressionné pour longtemps par la vision de cette cité où le marbre noir râlait parfois comme sous le coup d'une vieille blessure ou d'une profonde lassitude.

La rumeur n'avait cessé de croître et le vacarme était maintenant assourdissant. Le grondement était si fort que la terre tremblait sous les pieds de Matteo. Lorsqu'ils furent arrivés en haut de la colline, Matteo marqua un temps d'arrêt. Jamais il n'avait vu pareil spectacle : à ses pieds, sur une étendue immense, se pressaient des milliers et des milliers d'ombres. Elles avançaient en spirale – comme attirées au centre par une force invisible. Elles progressaient minusculement. On aurait dit une immense procession – mais chaque ombre se déplaçait si lentement que le mouvement était quasiment imperceptible. Le vacarme provenait de leurs gémissements : elles grondaient, claquaient des dents, appelaient à l'aide, hurlaient de frayeur ou lançaient des malédictions.

"C'est la spirale des morts", murmura le curé Mazerotti, et il poursuivit, voyant que Matteo restait stupéfait de ce spectacle : "Tu m'as demandé où allaient les ombres, regarde, c'est ici que tout finit. A leur arrivée, elles s'agglutinent aux autres et prennent leur place dans la foule. Elles avancent imperceptiblement jusqu'au centre. Une fois qu'elles l'atteignent, elles disparaissent à jamais. Le centre de la spirale, c'est le néant, leur deuxième mort.

— Mais est-ce qu'elles avancent vraiment ? demanda Matteo qui commençait à douter des

mouvements qu'il avait perçus tant la foule semblait parfois totalement immobile.

— C'est la marche des ombres, répondit le curé.
Toutes ne vont pas au même rythme. Cela dé-
pend de la lumière qu'il y a en elles."

Matteo avait remarqué, en effet, que les ombres
étaient d'une incandescence variable. Certaines
brillaient comme des feux follets, d'autres étaient si
pâles qu'elles semblaient presque transparentes.

"C'est la règle du pays des morts, continua
Mazerotti. Les ombres auxquelles on pense encore dans le monde des vivants, celles dont on
honore la mémoire et sur lesquelles on pleure,
sont lumineuses. Elles avancent vers le néant imperceptiblement. Les autres, les morts oubliés, se
ternissent et glissent à toute allure vers le centre
de la spirale."

Matteo regarda avec plus d'attention. Dans la
foule épaisse de ces dizaines de milliers d'ombres,
il distinguait maintenant mille particularités. Certaines pleuraient en se déchirant les yeux, d'autres souriaient, embrassant la terre avec gratitude.

"Regarde celle-là, murmura le curé à Matteo en
pointant du doigt une ombre. Elle a les joues
baignées de pleurs et sourit. Elle vient de sentir
qu'un vivant pense à elle et c'est quelqu'un dont
elle n'aurait jamais imaginé qu'il puisse se souvenir d'elle avec tant d'affection. Regarde. D'autres
pleurent et s'arrachent les cheveux parce qu'elles
pensaient que leur mémoire serait célébrée et
découvrent, avec rage, que personne ne songe plus
à elles. Ni leurs proches, ni leurs parents. Elles se
vident et ternissent. Elles deviennent de plus en
plus pâles jusqu'à être totalement translucides et
filent vers le néant.

— Combien de temps dure leur marche ? demanda Matteo.

— Plusieurs vies d'homme pour les plus fortunées, répondit le curé. Mais certaines disparaissent en quelques heures, oubliées aussi vite qu'elles sont mortes. Il y a des centaines de spirales comme celle-ci aux Enfers. La seule arme dont disposent les ombres pour ralentir leur aspiration vers le néant, ce sont les pensées des vivants. Chaque pensée, même fugace, même légère, leur donne un peu de force."

Le curé s'interrompit. Puis, avec une voix sourde, il ajouta :

"Ton fils est là."

Matteo sursauta. Tout ce qu'il avait fait, il l'avait fait pour lui – mais, depuis qu'il avait pénétré dans ces terres où les vivants ne vont pas, ce qu'il voyait le laissait si interdit, lui semblait si étrange et effrayant qu'il ne pouvait s'imaginer revoir son fils dans cet univers.

"Là ? demanda-t-il brusquement comme réveillé d'un songe.

— Oui, répondit le vieux curé. Avec les autres. Au milieu des morts, tiraillé lui aussi par les forces de la mémoire et de l'oubli. Là. Sous tes yeux. Dans cette foule qui essaie de ralentir sa marche et qui redoute le moment où elle ne sera plus rien pour personne et où il ne restera plus qu'à disparaître. Là, Matteo. Ce que tu as tant cherché. Ton fils, qui sent tes pensées le réchauffer…"

Avant que l'ombre de Mazerotti n'ait fini, Matteo se précipita vers la foule des ombres. Plus rien ne pouvait l'arrêter. Son fils était là, à quelques centaines de mètres, son fils qu'il voulait voir, toucher, extraire de cette masse inerte de silhouettes condamnées à l'oubli.

Il dévala la pente avec une fureur qui décupla ses forces. Il ne fit pas attention au fait que son pas résonnait dans l'immensité des ténèbres, couvrant le gémissement des ombres. Il courait, le souffle court, cherchant des yeux son enfant. Il courait. Il ne vit pas que les ombres, surprises par ce fracas inédit, avaient toutes tourné la tête dans sa direction. Elles ne pouvaient se soustraire à la force qui les happait lentement mais leurs yeux s'ouvraient grands, comme si elles voulaient le manger du regard. Une envie de fuite parcourut la foule. Un homme était là, qui, peut-être, pouvait les emmener. Elles s'animèrent d'impatience et de joie comme des naufragés à la vue du navire venu les secourir. Elles tendaient la main, gémissaient, suppliaient, roulaient des yeux pitoyables. Qu'on les prenne. Qu'on les enlève à la mort.

Matteo s'arrêta net. Il avait le souffle coupé par sa course, mais il ne chercha pas à reprendre ses forces : devant lui, à quelques mètres, se tenait une ombre plus brillante que les autres. Elle lui tournait le dos mais il n'eut pas le moindre doute, c'était Pippo. Il cria de toutes ses forces. Pippo. L'enfant se retourna avec une lenteur de mourant. C'était lui. Matteo eut du mal à ne pas chanceler. Il n'avait pas revu son fils depuis le jour de l'accident. Ses traits si chers, ses joues qu'il avait si souvent embrassées, ses cheveux qu'il avait humés la nuit tandis que l'enfant dormait, tout était là, à nouveau devant lui. L'enfant était pâle. A l'abdomen, une tache noire marquait encore l'endroit de la blessure qui l'avait tué. Pippo n'avait pas changé. Il n'avait ni vieilli ni flétri.

A la vue de son père, il ouvrit la bouche mais aucun son n'en sortit. Il tendit la main vers Matteo et ce simple geste sembla lui coûter un effort surhumain. Il luttait contre l'inertie des morts et leur lente sclérose.

Matteo n'y tint plus. Il plongea dans la foule, écartant avec de grands mouvements de bras les ombres qui se trouvaient sur son passage, et alla droit sur l'enfant. Mais, bientôt, les ombres se regroupèrent autour de lui et l'entourèrent. Elles devenaient folles. Cet homme en chair parmi elles, cet homme qui respirait et suait la vie, c'était l'occasion inespérée de fuir. Elles essayèrent de l'agripper, se glissèrent dans ses cheveux, l'attrapaient par les jambes, entravaient ses mouvements. C'était comme une nuée de mendiants qui le suppliaient de les emmener. Il n'eut pas de mal à les écarter. Elles n'avaient ni poids ni consistance et bientôt il fut sur son fils. L'enfant leva les bras pour qu'il le prenne contre lui – mais c'est alors que les ombres le débordèrent à nouveau. Elles ne pouvaient rien contre l'homme de chair mais elles pouvaient écarter l'ombre de Pippo. Chacune

essaya de prendre la place de l'enfant. Il fut assailli, pris par mille bras, griffé par des ongles
avides. Matteo essaya de faire rempart de son
corps. Il tenait l'enfant serré contre lui mais l'assaut des trépassés était sans fin et il était en plein
milieu d'une foule déchaînée. Il ne savait plus que
faire. S'il perdait Pippo, il était persuadé qu'il ne le
reverrait plus. Il regarda le visage apeuré de son
fils. En cette seconde, tout fut suspendu. Il n'était
plus au cœur des Enfers, assailli par les morts. Il
venait de retrouver son fils tel qu'il l'avait abandonné sur le trottoir de cette ruelle maudite.
C'était la même terreur qui courait dans les yeux
du garçon. Alors, tout se mélangea. Il avait l'impression de revivre la scène de l'accident. Pour
la seconde fois, son fils portait sur lui un regard
suppliant. Pour la seconde fois, il se sentait
impuissant à lui porter secours. Cela le révolta. Il
eut comme un hoquet de rage. Ses muscles se
bandèrent. Il ne pouvait pas échouer une seconde
fois et laisser les choses advenir avec leur horrible
tristesse. Il ne pouvait pas être venu jusqu'ici et
repartir sans son enfant. Il serra l'ombre de Pippo,
la pressa contre son torse avec une telle force
qu'il avait lui-même du mal à respirer et hissa son
fils jusqu'à son visage. Il l'avait sur lui. Il pouvait
sentir sur ses joues son étrange légèreté. Il posa
les lèvres sur le visage du petit, comme pour un
baiser, et, avec lenteur et délicatesse, il l'aspira
tout entier. L'ombre glissa en lui, comme une eau
calme que l'on absorbe. Il n'avait pas réfléchi à
ce qu'il faisait. Ce geste s'était imposé à lui.

Il avait repris son fils et il le protégeait dorénavant de tout son corps, de toute sa pesanteur
d'homme vivant, avec ardeur.

Au milieu des ombres bouche bée, il courut à nouveau vers la colline d'où il était venu avec de grands gestes enragés pour écarter les morts – plein d'une force qu'il sentait inaltérable. Il courut mais les ombres étaient à sa suite. Elles l'entouraient et bourdonnaient autour de lui. Chacune le suppliait de l'emmener. Elles voulaient toutes revoir la lumière. Il courait, concentré sur son souffle, sourd à leurs cris.

L'ombre du curé était encore là, à ses côtés. C'est elle qui le guida vers la sortie. Il traversa des paysages de misère. Sur ces déserts infinis, il laissa des traces de pas, premier signe du passage d'un homme dans les mondes souterrains. Il progressa sans plus rien regarder de ce qui l'entourait – ni les grottes interminables à l'air vicié, ni les arbres qui poussaient sur la roche avec la maigreur des calcinés. Il courut, persuadé qu'il était sur le point de parvenir à s'échapper et que le retour à la vie était à portée de main.

Un poids nouveau pesait sur ses membres. D'abord ce ne fut qu'une petite gêne qui n'altéra pas le rythme de sa course. Il avait simplement le souffle plus court. Il fit un effort et se força pour ne pas ralentir.

C'est alors qu'il aperçut le fleuve des Larmes. Il s'y précipita sans hésitation, laissant les vagues successives de morts lui fouetter le visage de leurs tourments et remugles. Lorsqu'il atteignit l'autre rive, il se dit qu'il avait réussi. Il sourit en lui-même. Il ne restait plus qu'à retrouver la porte et il remonterait des Enfers, avec son fils à ses côtés. Son corps, maintenant, était d'une étrange lenteur. Ses muscles s'étaient raidis et lui répondaient avec moins de célérité. Il était ankylosé. Son esprit restait clair mais ses membres semblaient engourdis par le froid. Ses jambes, bientôt, ne le portèrent plus. Il tomba à terre. Il se retourna avec inquiétude, puis se rassura : plus aucune ombre n'était à sa poursuite. Elles n'avaient pas réussi à franchir le fleuve et s'étaient arrêtées sur la rive des morts, envieuses de cet homme qui leur échappait et craintives des courants tumultueux qui les menaçaient. Il était seul et essaya de reprendre son souffle avec calme. L'ombre du curé Mazerotti était encore là. Elle vint tout contre lui et lui demanda avec douceur :

"Qu'y a-t-il ?

— Quelque chose s'empare de moi que je ne connais pas, répondit-il.

— Dépêche-toi, murmura Mazerotti. Debout ! Il ne faut pas renoncer !"

Alors Matteo rassembla ses dernières forces et se leva. Il chancela à nouveau mais reprit sa marche. Courir était impossible. Il avançait, coupé en deux comme un asthmatique. Mazerotti ne cessait de l'encourager, de le presser – et il marcha, à la force de la volonté.

Lorsqu'ils arrivèrent devant la porte de bronze, Matteo fut surpris de la trouver ouverte.

"Comment se fait-il qu'elle ne se soit pas refermée derrière nous ? demanda-t-il au curé d'une voix faible.

— C'est pour moi", répondit Mazerotti.

Et, comme Matteo le regardait avec de grands yeux ronds, il expliqua : "Je ne mourrai pas aujourd'hui. La porte attend que je m'en aille avant de se refermer."

Matteo aurait voulu poser mille questions. Il ne comprenait pas. Est-ce que le curé savait tout cela depuis le début ? Par quel miracle devait-il ne pas mourir ? Il aurait aimé se réjouir avec lui, le remercier de lui avoir servi de guide mais il savait qu'il devait faire vite. Le plus urgent était de sortir. Il essaya alors de faire les derniers pas qui le séparaient de la porte mais il resta immobile. Ses jambes ne répondaient plus. La terreur s'empara de lui. Il leva sur le curé des yeux interrogatifs. Lorsqu'il croisa les yeux de son ami, il comprit qu'il ne servait à rien de lutter. Le curé Mazerotti le contemplait avec compassion et douceur.

"Est-ce ainsi ?" demanda Matteo. Il aurait voulu dire davantage mais le souffle lui manquait. Il aurait aimé hurler, supplier, s'accrocher au curé, lui demander de le tirer mais il n'avait plus assez de force en lui. Mazerotti lui dit alors, avec une voix résignée :

"Elle ne te laissera pas ressortir. Tu lui voles une ombre, elle réclame une vie en échange."

Matteo baissa les yeux à terre. "Il n'y a pas de victoire, pensa-t-il. C'est bien. Je suis au coin du vicolo della Pace et de la via Forcella, à Naples, en ce jour maudit. Je tiens mon fils par la main et c'est moi qui prends la balle perdue. C'est ainsi qu'il faut penser les choses. J'ai tant souhaité mourir à sa place. C'est ce qu'il advient aujourd'hui. Je suis sur le trottoir du vicolo della Pace et je meurs à sa place, en plein soleil, au milieu des cris apeurés des passants. C'est bien. J'insulte cette mort idiote mais je bénis le sort de m'avoir frappé moi plutôt que mon fils."

Et, dans une sorte de long souffle d'épuisement, il expulsa hors de lui l'ombre de son fils. Un temps, ils se regardèrent avec émotion. Ils étaient face à face et savaient que jamais ils ne connaîtraient le plaisir de vivre et de vieillir côte à côte. L'un manquerait toujours et il allait falloir vivre avec cette absence. Père et fils. Ils n'auraient donc eu que six ans. Six ans à jouir l'un de l'autre, à se connaître, se côtoyer et s'apprendre. Six petites années – et le reste, tout le reste, était volé.

Matteo prit la figure de Pippo dans le creux de ses mains. Il le serra sur son torse. Il le voulait là, tout contre lui. Pouvoir lui respirer les cheveux, pendant des heures, pour l'éternité. Son fils qu'il ne verrait pas grandir. Qui allait devenir un homme qu'il ne connaîtrait pas. Se souviendrait-il de lui ? Pas par les souvenirs reconstitués, faits des récits des uns et des autres, mais un souvenir vrai, physique, précis comme un parfum ou un son ? Son fils. Il le recommanda à la vie. Il était plein d'une immense mélancolie. Qu'il était dur de se quitter. La vie ne cessait d'arracher, sans cesse. Il respira encore une dernière fois dans les cheveux de l'enfant puis, comme à regret, il le libéra de son étreinte. Les forces le quittaient. Il ne pouvait même plus se lever. Mazerotti saisit Pippo par la main et l'entraîna vers la porte. Ils se glissèrent tous les deux entre les deux battants monumentaux. Matteo les regarda disparaître. Il n'avait pas bougé. Il était là, exsangue et misérable, à genoux, vidé de sa vie. Il pensa, un temps, qu'il avait réussi et qu'au fond, il fallait se réjouir mais la tristesse prenait possession de chacune des

parcelles de son corps et lui pesait avec lourdeur. Giuliana saurait-elle tout ce qu'il avait fait ?
L'embrasserait-elle en pensée lorsqu'elle compren-
drait jusqu'où il était allé chercher leur enfant ?
"Dis-le-lui", voulut-il dire encore à son fils mais
aucun son ne sortit de sa bouche.

Il était toujours à genoux. Le visage tourné vers
la porte. Il pensa à l'éternité qui allait maintenant
passer avec la lenteur d'un supplice. Il était là,
seul homme en vie parmi les morts. Combien de
temps cela durerait-il ? Les grandes salles vides
allaient résonner de ses pas, de ses cris, de sa solitude tourmentée. Il pensa à tout cela mais aucune
terreur ne s'empara de lui. Il avait réussi. Son fils
était vivant, à nouveau. Il sourit avec la pâleur
d'un fiévreux. Incapable de bouger les mains,
écrasé par un poids qui le faisait se courber
comme un vieillard, il regarda la porte se refermer
avec la lenteur solennelle des condamnations.

Devant la lourde porte de bronze, le cadavre de don Mazerotti fut secoué de spasmes. Le corps qui était resté inerte – se refroidissant comme celui d'un cadavre – était maintenant parcouru de sursauts. Une chaleur de vie lui redonna une teinte rosée aux joues. Il ouvrit soudainement les yeux et reprit son souffle – comme un plongeur après une apnée. Son cœur était reparti. L'arrêt cardiaque n'avait duré, en fait, que quelques secondes, mais le temps, aux Enfers, ne coule pas avec la même célérité et ces quelques secondes avaient suffi aux deux compagnons pour faire leur périple.

Don Mazerotti se releva immédiatement. Il était encore un peu pâle et sentait son cœur serré dans sa poitrine mais il avait parfaitement le souvenir de ce qu'il avait vécu de l'autre côté de la porte. Il ne perdit pas une seconde à chercher Matteo autour de lui, il savait qu'il ne le reverrait plus. En revanche, il chercha des yeux son fils. Il était là face à la porte de bronze. Un enfant de six ans qui semblait dérisoirement minuscule comparé à la hauteur des deux battants scellés. Le petit lui tournait le dos. Il était à genoux et tapait de toutes ses forces contre la porte pour qu'elle s'ouvre à nouveau.

Mazerotti s'approcha doucement. L'enfant sanglotait. Il frappait et frappait encore, à bout de forces. Que la porte s'ouvre et laisse passer son père. Qu'ils se revoient encore et encore. Il frappait, gémissait, se tordait les mains et le visage en d'horribles grimaces. Il ne voulait pas rester ainsi. Son père était là, juste là, à quelques mètres de lui, dans un monde inatteignable. Son père. Il le voulait. Qu'il le serre encore dans ses bras. Qu'il entende encore sa voix. Que la porte s'ouvre…

Le curé Mazerotti n'eut pas le courage de faire quoi que ce soit. Il se tint à distance, consterné par le spectacle déchirant de cet enfant qui insultait la mort. Il écoutait le son répété que produisaient les poings du garçon sur le bronze – comme hypnotisé par cette plainte têtue. On entendait l'écho de ces coups qui grossissait et se répercutait dans les labyrinthes de l'Au-Delà. Mazerotti imaginait Matteo, toujours à genoux, là-bas, de l'autre côté, tendant l'oreille et percevant ces bruits. Il ne pouvait pas douter que c'était son fils. Ces coups sourds disaient au père que son enfant le pleurait et ne se résolvait pas à l'abandonner. Ils disaient l'affection ou le désir de vivre ensemble. Pippo était là, qui l'appelait. Jusqu'à s'en faire saigner les poings. Il lui disait son amour irrépressible d'enfant. Et le père, de l'autre côté de la porte, devait bénir chacun de ces sons comme le plus beau des présents qu'on lui ait jamais offerts.

Mazerotti laissa l'enfant frapper jusqu'à ce qu'il n'ait plus de force et tombe à la renverse dans la boue, ivre de fatigue. Il le laissa frapper pour que Matteo ne soit plus seul. Qu'il entende son fils le remercier et pleurer. Qu'il entende le bruit de la vie – même endolorie, même gémissante – et qu'il ne puisse plus douter qu'il avait gagné.

Enfin, lorsque Pippo s'évanouit d'épuisement, le vieil homme le prit dans ses bras avec déférence, comme on saisit une relique ou un être sacré, et entama le chemin du retour.

XVI

NAPLES TREMBLE

(novembre 1980)

Lorsque Matteo et don Mazerotti avaient disparu dans la cavité de la tour, ils avaient laissé derrière eux Grace, Garibaldo et le *professore* sur le terre-plein sale qui séparait les deux voies rapides. Le silence s'était installé. Combien de temps s'écoula ? Ils auraient été bien incapables de le dire. Le temps s'était distendu. Tout flottait dans une obscurité calme. D'abord, ils attendirent comme on le fait devant une gare ou en bas d'un immeuble. Le *professore* s'assit au pied de la tour, sa vieille sacoche entre les jambes. Garibaldo fuma une cigarette, puis deux, puis trois. Grace, elle, fit les cent pas en essayant d'imaginer ce que Matteo et Mazerotti étaient en train de vivre. "Pourquoi ne suis-je pas descendue ? pensa-t-elle. Est-ce que je ne suis pas morte, moi aussi ?" Elle pensa à sa vie bancale, une vie qui sentait la solitude et l'insatisfaction. "Nous n'avons qu'une vie et je ne ressemble à rien. Un monstre ridicule et raté." Elle pensait aux moqueries qu'elle subissait depuis des années dans les rues, aux noms dont on la couvrait avec cruauté et dégoût. Une seule vie. Et c'était une longue succession de mépris et de brimades. Et pourtant elle n'était pas descendue. Pourtant, quelque chose en elle lui avait fait sentir qu'elle n'avait rien à faire chez les morts. "Je l'aime, cette vie, se dit-elle en souriant tristement.

Elle est laide et sent la sueur mais je l'aime." Et la ville aussi qui l'entourait avec ces longues avenues noires et ce peuple d'ombres qui maugréaient en renversant des poubelles. "C'est chez moi, ici", pensa-t-elle et elle fut surprise de constater qu'il y avait en elle plus de vie qu'elle ne l'aurait imaginé. Elle n'était pas descendue parce que, malgré la poisse qui lui collait aux joues les nuits d'errance, elle aimait être là, un peu triste et fragile comme une enfant qui se serait crottée dans la laideur du monde.

Des minutes ou des heures passèrent et, doucement, la fatigue les saisit. Garibaldo vint s'asseoir dos contre le mur de pierre, à côté du *professore*, et Grace s'allongea dans l'herbe. Les voitures qui passaient à leurs côtés ne les faisaient plus sursauter. Ils ne les entendaient même plus. Un homme au visage blême et aux lèvres tremblantes s'approcha d'eux à un certain moment, comme sur le point de leur demander quelque chose, une pièce, du feu ou tout autre chose, mais il se ravisa à la vue de ces trois corps, sentant instinctivement qu'il n'en obtiendrait rien, et disparut comme il était venu. Plus tard – mais quand était-ce exactement ? – une ambulance passa, gémissant dans la nuit, mais, là non plus, cela ne les fit pas sortir de leur torpeur. Ils dormirent certainement – encore que cela ne ressemblât guère à du sommeil, mais plutôt à une absence – et bientôt ils atteignirent le cœur de la nuit. Ce fut le silence. Plus aucune voiture ne passait. La ville ne faisait plus aucun bruit.

Tout à coup, ils furent réveillés par le choc d'une pierre qui dégringolait sur une autre. En une seconde, ils se redressèrent, se précipitèrent vers la porte de la tour et se penchèrent sur le trou de l'escalier par lequel avaient disparu les deux hommes. Une forme était là, qui semblait encombrée dans le passage et dont on entendait distinctement le souffle étranglé par l'effort.

"Don Mazerotti ?" murmura Grace – et sa voix trahissait autant de frayeur que de joie. A dire vrai, au fond d'eux-mêmes, sans se l'être consciemment avoué, ils étaient convaincus qu'ils ne reverraient plus leurs amis, que Matteo et Mazerotti avaient disparu à jamais. Cette apparition soudaine avait quelque chose de terrifiant, comme le retour d'un fantôme.

"Don Mazerotti, répéta Garibaldo, c'est vous ?"

Bientôt, ils purent distinguer les traits de l'homme qui essayait de remonter. C'était bien le vieux curé. Il était livide et soufflait comme un buffle. Son visage avait une pâleur inhabituelle. En le voyant, Grace crut qu'il était mort, mais que, par une sorte d'artifice, il marchait encore. Il avait le teint grège des cadavres, les lèvres blanches et les yeux enfoncés dans les orbites. Il ne parvenait pas à gravir les dernières marches et Grace ne comprenait pas ce qui l'entravait ainsi. Don Mazerotti ouvrit la bouche comme pour demander quelque chose mais aucun son n'en sortit. Il était trop faible.

"Il n'y arrivera pas tout seul", murmura Grace.

Garibaldo se pencha, agrippa le vieil homme par le bras et tira de toutes ses forces. Le curé était étrangement lourd. C'est alors seulement que le *professore* comprit qu'il portait un corps et que c'était ce poids qui l'empêchait de marcher.

"Prenez-le, finit par dire le curé avec ses dernières forces. Prenez-le, pour l'amour du ciel !"

Garibaldo descendit dans le tunnel jusqu'à rejoindre le vieillard. Il empoigna dans l'obscurité ce corps inerte que Mazerotti tenait à bout de bras et remonta l'escalier en veillant bien à ce que le vieil homme le suive. Lorsqu'ils furent enfin à l'air libre, il se laissa tomber au sol, épuisé. Ce n'est qu'à cet instant qu'il regarda le visage de celui qu'il portait : il avait devant lui un enfant d'environ six ans, un jeune garçon qui semblait profondément endormi mais qui, maintenant qu'il était à l'air libre, ouvrait les yeux – de grands yeux effrayés. Et, tandis que Garibaldo le contemplait, il poussa un cri qui les glaça. C'était le cri d'un nouveau-né, comme si l'air, pour la première fois, se faisait un chemin dans sa gorge et ses bronches.

"Vous avez réussi ? demanda le *professore* avec stupeur. J'avais raison… Une porte… c'était bien une porte !… répétait-il avec une agitation d'enfant.

— Où est Matteo ?" s'inquiéta Grace.

Le vieux curé ne répondit à aucune des questions. Il se releva avec difficulté et, avec toujours cette pâleur de cadavre, en se tenant la main sur le cœur parce qu'il avait peine à respirer et que sa cage thoracique lui semblait horriblement comprimée, il dit : "Prenez-le. A l'église. Vite. Je vous raconterai tout là-bas. Mais, par pitié, dépêchez-vous." Et comme le petit groupe restait immobile, essayant encore de comprendre ce qu'il se passait, qui était cet enfant et où était Matteo, il ajouta avec une voix menaçante : "Elle est sur nos talons et Dieu sait ce qu'elle va faire pour nous rattraper !"

Alors, sans plus poser aucune question, le *professore* ouvrit la marche, Grace aida le vieil homme à marcher et Garibaldo prit l'enfant dans ses bras. Celui-ci avait cessé de hurler. Il regardait tout autour de lui avec des yeux d'animal terrorisé.

Ils coururent aussi vite qu'ils purent, comme des voleurs après un forfait ou comme des esclaves évadés, terrifiés par ce qui les suivait mais enivrés par leur soudaine liberté.

La première secousse les surprit lorsqu'ils atteignirent la piazza Gesù Nuovo. D'un coup, la terre se mit à vrombir. L'asphalte se craquela. Les maisons tremblèrent. Ce qui était accroché aux balcons tomba – le linge, les pots de fleurs, les enseignes lumineuses, tout pêle-mêle. C'était comme si une bête aux dimensions monstrueuses – une baleine aveugle ou un ver géant – glissait sous terre et faisait onduler la surface du sol. Bientôt, les rues de Naples furent emplies de cris. Les gens réveillés en pleine nuit se demandaient ce qu'il se passait et pourquoi les parois de leur chambre ondulaient comme du carton. Toute la ville ne fut plus que panique et appels désespérés. Des maisons s'affaissèrent, engloutissant dans un soupir de béton ceux qui y vivaient.

Le petit groupe fut projeté à terre. A quelques mètres, un réverbère s'effondra sur deux voitures dont il fit exploser les pare-brise. Le curé Mazerotti, malgré son âge, fut le premier à se relever. Il bouillonnait d'une énergie de combat. Rien ne semblait l'effrayer. Il cria à ses compagnons restés à terre, avec le même sang-froid qu'un capitaine dans la tempête : "Dépêchez-vous ! Il faut rejoindre l'église !"

Les trois camarades se relevèrent et suivirent le vieil homme qui marchait d'un pas furieux. Leur progression fut difficile. Il ne leur restait plus que quelques rues à parcourir, mais, sur tout le trajet, les trottoirs étaient encombrés par des femmes hurlant comme des vestales après le ravage des barbares, ou par des monticules de gravats qui barraient la route. Ils durent renoncer à la via Sebastiano, bloquée tout entière par l'effondrement d'un palais qui avait plongé la rue dans un indescriptible capharnaüm, et faire un long détour. Durant tout le trajet, ses compagnons furent sidérés par la vigueur et la volonté qui émanaient du vieux Mazerotti.

Lorsqu'ils arrivèrent, le curé les fit descendre immédiatement dans la crypte. C'est à cet instant que la terre trembla à nouveau. Ils se sentirent comme dans les cales d'un bateau chahuté par la tempête. Ils ne voyaient rien, n'entendaient qu'une rumeur étouffée de déchaînement, de cris et de craquements sourds. Tout était sens dessus dessous à l'extérieur et ils ne savaient pas s'ils pourraient jamais ressortir de leur refuge. La maison d'en face s'était peut-être écroulée, bloquant d'un coup l'entrée de l'église. A moins que l'église elle-même n'eût cédé et qu'ils ne fussent maintenant, sans s'en rendre compte, ensevelis sous plusieurs mètres de gravats.

"Ça tiendra ce que ça tiendra, dit don Mazerotti avec un calme étonnant. Mais, si on doit mourir cette nuit, au moins aurai-je eu le temps de vous raconter ce que j'ai vu."

Il alla chercher une bonne dizaine de cierges qu'il alluma et disposa autour d'eux, prit ensuite la précaution d'endormir l'enfant – qui, épuisé comme un nourrisson après sa première tétée, vacilla dans le sommeil avec lourdeur – et, à la lueur des bougies, commença son récit. Il raconta tout. Naples était secouée de spasmes et il parla des heures entières. Lorsqu'une nouvelle secousse faisait trembler les murs de la crypte, il ne s'interrompait pas, accélérant même son récit pour être certain d'avoir le temps de tout dire avant d'être englouti.

Ils sentirent plus d'une trentaine de répliques cette nuit-là, petites, courtes et sourdes comme l'écho lointain d'une colère de titan. Chaque fois, le sol grondait, les murs oscillaient, un peu de poussière de plâtre ou de marbre leur tombait dessus, des fissures zébraient le plafond. Chaque fois, ils se demandèrent s'ils allaient pouvoir écouter le curé jusqu'au bout ou s'ils seraient tous happés auparavant par un nuage de gravats qui les engloutirait.

Puis don Mazerotti se tut. Il avait fini. La terre, autour d'eux, semblait avoir retrouvé son immobilité séculaire. Grace et Garibaldo avaient des visages graves. Ils pensaient à Matteo et à l'enfant. Le *professore*, lui, était bouche bée. Une lumière d'halluciné émanait de son visage. Il n'en revenait pas. Durant toutes ces années, il avait eu raison. Le récit du curé venait de le laver de vingt ans de moqueries et d'insultes.

Lentement, ils se levèrent, sortirent de la crypte et poussèrent la lourde porte de l'église pour voir ce qu'il restait de Naples.

Ils descendirent les marches du parvis comme des somnambules, ouvrant de grands yeux étonnés sur le monde. Le spectacle, devant eux, était inouï. Naples, en quelques heures, avait sombré dans le chaos. Les habitants avaient sorti de leur appartement tout ce qu'ils voulaient conserver. Craignant que l'effondrement de leur maison n'engloutisse également leurs biens les plus précieux, ils s'étaient installés sur le trottoir, serrés les uns contre les autres autour d'une vieille armoire de famille, de quelques valises, de batteries de casseroles ou d'un fauteuil.

Devant l'église, une jeune femme tenait dans ses bras un lustre en cristal, comme on tient un bébé. La ville entière était dehors, au milieu des gravats et des pots de fleurs cassés, plongée dans une obscurité d'un autre temps. Çà et là, quelques groupes s'éclairaient à la bougie. Pour rassurer les enfants, les vieillards jouaient de l'accordéon. On riait, comme si ce devait être la dernière nuit du monde.

Les quatre hommes et l'enfant marchèrent un peu dans ce paysage sens dessus dessous. Ils surent d'instinct, sans avoir besoin de se le dire, que la porte de la tour, là-bas, près du port, était maintenant ensevelie, que plus personne, jamais, ne pourrait y descendre et que c'était même peut-être pour cette raison que la mort avait secoué la terre avec une telle colère. Ils surent qu'ils ne parleraient jamais de cette nuit à personne, que, dans les jours qui viendraient, Garibaldo irait déclarer la disparition de Matteo et qu'il serait à jamais compté parmi les victimes du tremblement de terre. Ils surent également qu'ils ne diraient rien à l'enfant. Quel garçon de six ans pouvait entendre pareille histoire sans devenir fou ? Ils feraient le pari que ses souvenirs d'Enfers s'estomperaient et ils inventeraient une histoire pour expliquer la disparition de ses parents. Ils l'élèveraient à quatre. Garibaldo le prendrait avec lui au café parce qu'il avait la place de loger quelqu'un. Grace veillerait sur lui avec l'attention d'une tante un peu timide mais prête à se saigner pour son neveu. Quant au *professore* et au curé, ils se chargeraient de son éducation, pour qu'il devienne un homme et que le sacrifice de Matteo ne soit pas inutile.

A cet instant, ils parcouraient les rues de Spaccanapoli et observaient les ravages du tremblement de terre. Il leur semblait que c'était eux qui avaient causé ce désastre, mais ils gardaient le silence. Ils pensaient que le vieux monde était mort et qu'il allait falloir s'atteler à une vie nouvelle. Elever l'enfant, tous les quatre, en amitié, malgré leur âge et leurs propres démons.

Ils finirent par rejoindre un groupe installé sur la piazza San Paolo Maggiore. Ils apportèrent avec eux deux bancs d'église pour nourrir le feu qui menaçait de s'éteindre et s'installèrent là, autour de l'enfant qui n'avait pas dit un mot et regardait ce monde qu'il redécouvrait, ce monde étrange où tout était cassé et à terre, avec de grands yeux étonnés. Ils se réchauffèrent aux flammes du bûcher et se mirent à chanter avec les musiciens de vieilles chansons napolitaines, pour que la voix des hommes monte à nouveau des ruelles, pour que leur chant succède au fracas de la terre et que Matteo entende, là où il était, leurs mélodies fragiles – qu'il sache que tout était bien, qu'ils étaient là, avec l'enfant, et que la vie, pour Pippo, allait commencer.

XVII

MA LETTRE BLANCHE

(août 2002)

J'ai arrêté la voiture devant la pompe à essence et coupé le moteur. Un jeune homme est sorti de la station pour venir faire le plein. Je fais quelques pas. Je veux respirer un peu l'air de la nuit. Tout est laid autour de moi. C'est la zone urbaine de Foggia, une grande ville plate au pied du massif du Gargano, où les stations d'essence succèdent aux immeubles tristes avec une monotonie de banlieue, une ville étale et laide qui ne semble avoir aucun centre. Je suis au milieu de nulle part et je ne sais plus où aller. Je tremble et j'hésite. Une fatigue nouvelle s'est emparée de moi. Je croyais être décidé et inébranlable. Je croyais que cette nuit serait celle de mon triomphe et je découvre que je n'ai pas de volonté. Mes jambes flageolent. J'ai surestimé mes forces. Le mot de Grace continue à me hanter. Ma mère. J'ai vu le nom de son village sur une pancarte. Cagnano. Je sais qu'elle venait de là. J'ai les mains qui tremblent. Est-il possible que j'aie fait tout ce chemin pour venir jusqu'à elle ? Est-il possible que, sans me l'avouer, j'aie roulé droit sur Cagnano ? Non. C'est mon père que je suis venu chercher. Mon père et lui seul.

C'est pour réparer mes faiblesses que je roule ce soir. Je ne vais pas à Cagnano, je vais à Càlena, l'endroit où les morts entendent les vivants. L'endroit où Frédéric II plongea dans l'Au-Delà. Je vais à Càlena pour annoncer à mon père que j'ai maintenant la force de venir le chercher. C'est à mon tour de descendre à sa recherche. Je vais réparer la faute que j'ai commise le jour de la mort de *zio* Mazerotti. C'est toujours avec une sorte de malaise que je me souviens de cette nuit de janvier 1999. Garibaldo était venu me chercher pour me dire que le vieux curé allait mourir. C'était certain. Il agonisait et avait demandé qu'on vienne me réveiller pour m'amener à son chevet. Nous avons ouvert la trappe et nous sommes descendus à la cave, empruntant la galerie qui passait sous la route pour rejoindre l'église. Cela faisait six mois que le vieil homme n'était pas sorti de chez lui. Garibaldo m'avait prévenu que son état s'aggravait et que la fin était proche mais les jours passaient, les semaines aussi, et le vieillard s'accrochait à la vie avec pugnacité. Un an plus tôt, le *professore* était mort sur une plage dans une voiture garée sur le sable, nu comme un ver, les mains sur le volant, sans aucune marque de blessure ou d'agression, aussi énigmatique et fou dans la mort qu'il l'avait été dans la vie. Nous l'avions enterré en famille. C'était la dernière fois que j'avais vu le curé. C'est lui qui avait fait l'office, avec une tristesse résignée de vieil homme, lassé de voir partir ceux qu'il aime sans que la mort jamais se décide à le prendre, lui.

Lorsque nous arrivâmes dans l'église, je fus surpris par l'odeur. Je la reconnus tout de suite. C'était celle de là-bas, l'odeur âcre et un peu acide des terres d'En-Bas. *Zio* Mazerotti avait mis son lit en plein milieu de la nef. Tout autour régnait un capharnaüm inimaginable. Le mobilier sacré côtoyait les sacs de courses que Garibaldo venait déposer chaque matin. Cela faisait maintenant cinq ans que l'église ne servait plus à rien. Mazerotti n'avait plus ni l'envie ni la force de célébrer le moindre office et le Vatican, lui, avait décidé d'importants travaux de rénovation. Garibaldo disait souvent que c'était ce qui avait sauvé *zio* Mazerotti car, sans cela, il ne faisait aucun doute qu'ils auraient fini par l'expulser. Mais, dans un bureau lointain, il fut décidé par un fonctionnaire obscur que Santa Maria del Purgatorio devait être restaurée, et alors tout fut scellé. Un jour, des ouvriers vinrent et couvrirent la façade d'échafaudages, puis plus rien. On ne les revit jamais. Certains dirent que Naples était venue au secours du vieux curé avec le miracle de sa lenteur. Les travaux ne reprirent jamais et Mazerotti put aménager l'église à sa guise. Un grand lit de bois noir trônait dans la nef. Il avait recouvert de livres les dalles de marbre et s'éclairait à la bougie.

Lorsque je le vis, je compris immédiatement qu'il allait mourir. Son corps était décharné et suait ses dernières forces. Il avait la maigreur d'un chat du port et les draps sales, autour de lui, avaient la même couleur jaunâtre que sa peau. Ses yeux vitreux cherchaient du regard des ombres invisibles. Il râlait. Lorsque je fus près de lui, il fit signe pour qu'on le redresse légèrement sur ses oreillers et demanda à Garibaldo de tout me raconter. Grace baissa les yeux pour ne pas laisser voir qu'elle s'était mise à pleurer. Garibaldo se mit à parler. Il raconta, avec d'infinies précautions, ce qu'il avait tu durant toutes ces années. Il dévoila tout et j'éprouvai un vaste soulagement. Je n'étais donc pas fou. J'avais bien des souvenirs d'Enfers. Ce n'étaient pas les visions d'un dément.

Depuis des années, chacune de mes nuits était peuplée de cris et de visages déformés de gargouilles. J'avais fini par penser que c'était mon esprit tordu qui les fabriquait pour me terroriser et me punir de je ne sais quelles fautes oubliées. Mais non. Je venais bien de l'Au-Delà. Et j'avais traversé des foules d'ombres hurlantes qui me griffaient le visage et me soufflaient dans les oreilles leurs horribles plaintes.

Lorsque Garibaldo se tut, *zio* Mazerotti rassembla ses dernières forces et me dit qu'il allait mourir et que, si j'avais un message à transmettre à mon père, il le lui apporterait. Je restai abasourdi. Garibaldo me tendit une feuille et un stylo. Quelques minutes s'écoulèrent. Mazerotti, Grace et Garibaldo détournèrent leur regard pour ne pas me gêner.

Je rendis le papier à *zio* Mazerotti. Son bras cadavérique s'en saisit et, à ma grande surprise, avec lenteur, le déchira. "Ce qui est vide ici est plein là-bas, dit-il. Ce qui est déchiré ici est intact là-bas." Je me souviens de sa voix qui emplit la nef avec autorité malgré sa faiblesse. Il a demandé à Grace de lui mettre les morceaux de la lettre déchirée dans les poches. Puis il a dit que cela n'allait plus être très long. Je n'ai pas compris de quoi il parlait. Nous nous sommes regardés les uns les autres, un peu interrogatifs, hésitant sur ce qu'il convenait de faire. Lorsque nous avons posé à nouveau les yeux sur *zio* Mazerotti, il était mort. Je l'ai regardé. Il emportait avec lui ma lettre en morceaux dans ses poches. Ce qui est vide ici est plein là-bas. J'ai imaginé mon père en train de lire ma lettre aux Enfers. Ma lettre. Sur laquelle j'avais été incapable d'écrire quoi que ce soit. Une page blanche. Sans même une signature. C'est cela que j'ai rendu à *zio* Mazerotti. C'est cela qu'il a emporté avec lui et qu'il est allé délivrer avec fierté à mon père. Je n'ai pas pu. Que pouvais-je dire ? Qu'est-ce qui valait d'être raconté à cet œil qui m'observait dans la mort et à qui je devais tout ?

Je n'ai pas pu, mon père, pardonne-moi. C'est pour cela que je roule aujourd'hui, à toute vitesse, sur la route de Bari. C'est pour cela que j'ai la chemise encore pleine du sang de ce porc de Cullaccio. J'ai décidé de l'écrire, cette lettre. Il m'a fallu trois ans. Je n'avais pas la force avant. Pardonne-moi. Trois ans. Mais je roule maintenant. Plus rien ne peut m'arrêter, mon père. Je te donne signe de vie. Je dois laisser les doutes et les hésitations sur le parking de Foggia. Tout va commencer maintenant. J'ai perdu déjà trop de temps.

XVIII

TOCSIN
(décembre 1980)

Giuliana posa son sac à provisions par terre, en catastrophe. Le téléphone sonnait dans son appartement. Elle fouilla dans ses poches pour en extraire son trousseau de clefs. La sonnerie lui intimait l'ordre de faire vite. Elle sentait qu'il fallait se dépêcher, que ce coup de fil venait de Naples.

Dès le lendemain du tremblement de terre, elle avait essayé de joindre Matteo, sans succès. Elle avait réessayé plus tard, à toutes les heures possibles du jour et de la nuit. Personne ne répondait. Elle avait alors fini par appeler le service d'aide aux familles de disparus. La municipalité de Naples avait mis ce bureau à la disposition de ceux qui étaient restés sans nouvelles d'un des leurs. Au bout de la cinquième tentative, elle réussit à parler à quelqu'un. L'homme avait noté le nom de Matteo et avait promis de la rappeler une fois qu'il en saurait plus.

Cela faisait maintenant douze jours que le tremblement de terre avait ravagé le Sud. Tout le monde avait vu à satiété les images du cataclysme et de la misère qu'il avait engendrée. Elle, comme les autres, avait contemplé, en silence, les images de la désolation. Ce n'étaient qu'immeubles effondrés et femmes en pleurs. A perte de vue, des rues encombrées par des amas indescriptibles de pierres et de débris. Le visage des carabiniers hébétés qui ne savaient qui soulager en premier. Naples semblait défigurée. Avellino n'était plus qu'un tas de poussière. Elle, comme les autres, avait regardé ces images et elle s'était imaginé son appartement éventré par une crevasse. Les murs affaissés, le sol effondré. Elle s'était imaginé la chambre de Pippo sans toit, la rue sens dessus dessous comme après un bombardement. Pour elle, cela ne faisait pas de doute : il y avait dans ce cataclysme un nouvel acharnement à la détruire. Comme s'il ne devait plus rien rester d'elle. Tuer son fils, anéantir son amour, détruire sa maison et sa ville. Que tout soit à terre. Quelle faute avait-elle commise pour connaître pareil châtiment ? Elle l'ignorait. Elle avait contemplé ces images, silencieuse, le souffle coupé, et il lui avait semblé qu'on la rouait de coups. La vie s'acharnait sur elle avec morgue. Elle la tourmentait, la déchirait, l'éparpillait avec sadisme. Que resterait-il, après cela, de Matteo et Giuliana ? Que resterait-il d'eux qui n'avaient fait d'ombre à personne et avaient simplement essayé de garder, au creux de leurs petites vies, un peu de bonheur ? Naples était morte. La ville avait le visage boursouflé des accidentés de la route. La poussière collait au sang sur les murs. Tout avait sombré.

Le téléphone sonnait toujours. Elle avait posé le sac à provisions, sans ménagement. Deux oranges roulèrent le long de la porte. Elle sortit les clefs et ouvrit. Soudain, au lieu de courir vers le combiné, elle eut un temps d'arrêt. Les sonneries régulières qui emplissaient la pièce venaient de lui rappeler cette matinée au Grand Hôtel Santa Lucia. C'était la même sonnerie imposant la même urgence. La même course vers l'annonce du malheur. Elle allait se jeter sur le combiné et la peine l'écraserait. Le téléphone, de Naples à Cagnano, le téléphone dans les couloirs de l'hôtel ou chez elle, le téléphone venait renverser sa vie, sa pauvre vie toujours plus laide et effilochée.

"Allô ?"
Elle avait fini par décrocher. Elle s'assit sur le fauteuil, encore habillée de son manteau.
La voix à l'autre bout lui parla avec une sorte de douce lenteur. Elle lui demanda son nom. Vous êtes bien Giuliana Mascheroni ? Oui. Vous avez bien fait une demande auprès de nos services concernant un certain Matteo De Nittis ? Oui. Il y eut un silence, comme si l'homme, à l'autre bout, prenait son élan, puis il se lança et les mots qu'il employa étaient ceux qu'elle redoutait. Il dit que Matteo était bien sur la liste des disparus. Qu'il était probablement mort dans la nuit du 23 novembre, lors de la première secousse, à la suite de l'effondrement d'un immeuble. En tout cas, c'est ce qui avait été rapporté par un dénommé Garibaldo, patron d'un café du quartier, qui avait assisté à la scène…

"Allô ?"
Giuliana ne dit rien. Lorsque l'homme eut fini son explication, il dut croire un instant qu'elle avait raccroché car il l'appela par son nom. Puis, comme elle fit "oui" avec un air lointain, il demanda :
"Je suis désolé de vous demander cela mais qui êtes-vous par rapport à la personne disparue ?…"
Elle ne répondit pas. Elle avait baissé les bras. Le combiné sur les genoux continuait à grésiller : "… Madame ?…" Elle n'entendit pas la suite. Elle

raccrocha avec fatigue et resta assise là où elle était. Tout était identique. Du Grand Hôtel Santa Lucia à Cagnano. La mort de Pippo. Celle de Matteo. Le téléphone et la désolation qui vous appuie dessus de tout son poids comme si elle avait décidé de vous faire entrer sous terre.

XIX

L'ABBAYE DE CÀLENA

(août 2002)

Le vent est doux. Me voici arrivé à Càlena. J'ai garé la voiture sur le petit parterre de gravier, au pied de l'abbaye. Tout est calme et la nuit est immobile. Les oliviers font un léger murmure de feuillage. L'abbaye est là, silencieuse et sombre. Je fais le tour du mur. Il est trop haut pour que je puisse apercevoir la cour intérieure. L'épaisse porte en bois est verrouillée. On dirait une forteresse à l'abandon.

Une immense tristesse m'étreint. Je n'escaladerai pas le mur. Je veux juste marcher. Un champ d'oliviers monte à flanc de colline. Il me semble parfois entendre le bruit lointain des vagues. Le calme de la terre qui m'entoure me passe dans les veines. Je n'ai plus peur. Je ne suis plus fébrile. Je m'agenouille au pied d'un olivier et je sors le dernier doigt de Cullaccio. Je le pose là, dans la terre de Càlena, pour que mon père le sente et s'en réjouisse. Je l'ai apporté comme un présent. Durant tout le voyage, je me suis fait une joie de lui montrer ce que j'avais fait. Qu'il sache que son fils était devenu un homme et qu'il se chargeait de solder les vieilles vengeances. Mais il n'y a pas de joie. Je pose le doigt dans la terre sèche de Càlena et je sais que je ne descendrai pas. Je voulais trouver l'entrée des Enfers, aller chercher mon père comme il l'avait fait avec moi. Je voulais le ramener à la vie mais je ne suis pas aussi fort que lui. Je trébuche et j'hésite. J'ai, au fond de moi, une peur que rien n'éteint. Alors je reste là, à genoux devant l'abbaye, et je sais qu'il n'y aura pas de porte pour moi. Je n'aurai pas la force d'affronter les ombres. Elles me happeraient, me tireraient à elles, m'avaleraient et je n'y résisterais pas. Je suis faible. La vie m'a fait ainsi. Je suis un enfant blessé au ventre, un enfant qui pleure aux Enfers, terrifié par ce qui l'entoure. Pardonne-moi, mon père. Je suis venu jusqu'ici mais je ne descendrai pas. Les oliviers me contemplent en souriant avec lenteur. Je suis trop petit et mon souffle se perd dans l'air humide des collines.

Tu es mort. C'est la première fois que je le dis. Tu es mort. Je le souffle à la terre et les arbres semblent frémir comme si ces mots les chatouillaient doucement. J'ai d'abord pensé que cette frontière n'existait pas. J'en étais la preuve. J'ai d'abord pensé que je ferais avec toi ce que tu avais fait avec moi. Cela me rendait fort. Je connaissais le secret pour aller chercher les morts.

Cette nuit, dans l'air marin de Càlena, je comprends que ce n'est pas vrai. Pas pour moi. Tu es mort, mon père. Et je ne te reverrai plus. C'est toi-même qui me le dis. S'il est vrai qu'ici les morts parlent aux vivants, s'il est vrai que la terre de l'abbaye laisse passer les ombres certaines nuits pour qu'elles hument l'air de la vie ou viennent murmurer des paroles séculaires au vent, peut-être est-ce toi qui me le dis ? Je crois, oui, car sinon d'où me viendrait ce calme profond ? Je ne suis pas triste. Je n'ai pas honte face à ma lâcheté. Je dis que je ne descendrai pas et c'est presque un ordre que tu me donnes, toi, du fond de la mort. Nous ne nous reverrons pas. Cette étreinte, devant la porte des Enfers, était la dernière. J'étais un enfant alors, et tu m'as serré avec force. J'aurais voulu que tu voies ce que je suis devenu, mon père. Un jeune homme fort aux mains larges et au regard droit. J'aurais voulu que nous ayons encore une dernière accolade, mais tu es mort et la terre ne s'ouvrira pas. Je sens que tu es là, dans le vent et le friselis lointain des vagues. Je sens que les troncs noueux des oliviers portent un peu de ton parfum. Je reste encore un temps. Tu veux me dire quelque chose ? Je suis là. Je t'écoute. Je comprends que ce n'est pas pour le doigt de Cullaccio que je suis venu jusqu'à toi. Ce n'est rien qu'un petit bout de chair dérisoire. Je suis venu ici pour que tu me dises ce que tu attends de moi. Je suis venu ici pour être entouré de ta présence. Je n'ai pas ouvert la porte de Càlena mais je te sens tout autour de moi.

Parle, mon père, parle une dernière fois. Le vent est tombé. L'air est immobile et les oliviers attendent. Tu es là. Tu m'entoures. Il n'y a pas de colère. Tu m'enveloppes avec douceur. Personne ne parviendra à te ramener à la vie. Les morts sont morts et tout doit rester en place. Je me fais à cette idée. Tu m'as donné la vie deux fois et je ne te rendrai rien. Il faut vivre. Et c'est tout. Mais je peux achever ce qui est resté bancal. Je peux apaiser ce qui est resté brûlant. C'est ce que tu veux. J'entends ton murmure dans l'immobilité des collines. C'est ce que tu me demandes. Tout n'est pas fini. Ma mère. Toi aussi, tu parles d'elle. Tu n'emploies pas le même mot que Grace, tu ne dis pas "mère", tu dis "Giuliana". Et la terre frémit comme si elle avait la chair de poule. Giuliana, et les vagues prennent leur élan pour manger la grève. Je te dois cela. Tout a été saccagé mais je peux te rendre Giuliana. Ma mort vous a déchirés. Elle n'a jamais su que tu avais été fidèle à ce qu'elle avait demandé. Elle n'a jamais su que tu avais réussi. Ramène-moi mon fils. C'est ce qu'elle t'avait supplié de faire. Ramène-moi mon fils. Contre toute logique. Parce que Giuliana était belle de cela. De ne pas se résigner à la mort. De refuser le deuil et de le jeter loin d'elle comme un vêtement dont on ne veut pas. Tu as fait ce qu'elle t'a demandé mais elle ne l'a jamais su. Je vais le lui dire, mon père. C'est ce que tu me demandes. Vous serez deux. Même trop tard, même déchirés depuis longtemps, vous serez deux à nouveau. C'est cela qu'il me reste à faire. Je ne suis pas un fils courageux, je n'aurais jamais réussi à descendre dans le royaume d'En-Bas. Les souvenirs que j'en ai me terrifient. Mais tu ne m'as jamais demandé cela. Tu veux simplement qu'elle sache.

Tu es mort, mon père, mais ton histoire n'est pas finie. Giuliana doit savoir ce que tu as accompli. Je prends un peu de terre de Càlena avec moi. Je vais aller jusqu'à elle. Elle t'aimera à nouveau. Elle chérira ton souvenir. Elle t'embrassera en pensée. Tu as été au bout des mondes pour faire ce qu'elle attendait de toi. Tu as réussi. Je n'ai plus qu'à me montrer pour que vous soyez réconciliés par-delà les années.

Ma mère. Giuliana. C'est vers toi que je roule. J'ai mis du temps à le comprendre. J'ai mis du temps à retrouver ta trace. Giuliana, tu ne sais rien de tout cela et tu vis, recluse, dans un petit village sec du Gargano. Giuliana, je t'imagine vêtue de noir, marchant tête basse et parlant aux ombres. Je brûle les kilomètres pour te retrouver. Je serai bientôt à Vico. De là, j'irai à Cagnano. Ma mère, je roule vers toi qui ne sais pas que tu m'attends depuis tout ce temps.

XX

LA DERNIÈRE MALÉDICTION DE GIULIANA

(décembre 1980)

Elle se tenait droite, sur la crête de la colline. Tout autour d'elle était calme. La terre du Gargano bruissait d'une vie foisonnante d'insectes. Elle connaissait par cœur le paysage qui l'entourait. Elle respira profondément, s'accroupit pour sentir l'odeur des pins, puis elle dégrafa sa chemise. L'air frais lui caressa les seins. Elle sortit un couteau de sa poche. Elle était blanche comme une femme qui marche au bûcher. Dans le silence qui l'entourait avec indifférence, elle se mit à parler aux pierres et ce fut la dernière imprécation de Giuliana :

"Je me maudis moi-même, moi, Giuliana, la femme qui n'a pas su ce qu'elle aimait. J'ai cru pouvoir me rendre sourde à la vie. J'ai banni mon homme, mon enfant et ma ville hors de mes pensées. J'ai chassé tous ces souvenirs alors que j'aurais dû les chérir comme les seuls vestiges sauvés du cataclysme. Je me maudis moi-même, moi, Giuliana la laide. Matteo me manque. Matteo me manque qui est mort englouti. Pippo me manque. Mes hommes ont été terrassés et je n'ai rien fait. Je ne les ai pas aidés. Je ne les ai pas accompagnés. Je les ai bannis de mon esprit. Je suis Giuliana la lâche qui a voulu se préserver de la douleur. Alors je prends ce couteau, et je me coupe les tétons.

Le premier, que mon fils a tété, je le coupe et je le laisse sur les pierres des collines en souvenir de la mère que j'étais. Le second, que mon homme a léché, je le coupe et je le laisse sur les pierres des collines en souvenir de l'amante que j'étais. Je suis Giuliana la laide, je n'ai plus de seins. Je ne mérite rien. Maintenant je décide de vieillir. Je veux être affreuse et sénile. Je veux être un corps qui s'use et se tord. Je n'aurai plus d'âge. Tout ira vite. Je le veux. Dans les semaines, les mois, les années qui viennent, je me flétrirai. Demain mes cheveux seront blancs. Dans quelque temps, j'aurai les dents déchaussées et les mains tremblantes. Je demande la vieillesse et les tressautements. Je m'ampute les seins. Je ne suis plus une femme. On ne me demandera plus rien. Je ne reconnaîtrai plus personne. Qu'on me laisse avec les souvenirs du passé, dans le fouillis de mon esprit. Je veux que l'on ne sache plus quoi faire de moi et que l'on m'emmène dans un hôpital où je finirai mes jours dans la solitude des vies ratées. Je suis Giuliana l'aliénée. Je décide aujourd'hui que ma peau va se rider et mes cheveux tomber. Je parlerai seule. Je crierai pour chasser les ombres qui me harcèleront. Mes nuits seront longues, d'insomnie et de terreur que rien ne pourra soulager. Je suis Giuliana aux seins coupés. Je n'appartiens plus au monde."

XXI

LA MALADIE DES ARBRES
(août 2002)

J'arrive à Cagnano avec les premières lueurs du soleil. C'est jour de marché. Je gare ma voiture à l'entrée du village. Je préfère poursuivre à pied. Je regarde autour de moi. Tout est laid et miséreux. Les maisons se tiennent serrées sur un promontoire ingrat. Une pancarte, furtivement, annonce fièrement *"Città dell'olio"*, mais personne n'y croit. Les rues sont sales, les maisons vides. Une foule d'immeubles de trois ou quatre étages, sans toit, sans escalier, construits illégalement et en attente d'être finis, entourent le vieux village. Des immeubles vides. Il n'y a que cela. On voit le jour à travers. Qui construit à Cagnano ? Pour qui sont ces immeubles fantômes ? Elle est de là, ma mère, Cagnano, la tristesse du monde.

Je pénètre plus avant dans le village. Je cherche un commerce. Le premier qui se présente est une boucherie. J'entre et je vois tout de suite que ma présence intrigue. On ne me connaît pas. J'explique que je cherche quelqu'un. Giuliana Mascheroni ? Vous connaissez ? Giuliana Mascheroni, non ? Je vois le regard se durcir par une sorte de méfiance instinctive. On me répond que non. Avec une moue qui n'appelle aucune insistance. Je sors de la boutique et pose la question ailleurs. Dans d'autres commerces. Giuliana Mascheroni ?

Aux gamins dans les rues que je parcours. La *signora* Mascheroni, non ? Personne ne répond. Je reviens doucement sur mes pas et retrouve le marché. Ce ne sont que quatre ou cinq triporteurs installés sur une place. Ils sont garés au milieu de la chaussée, tous remplis de fruits et légumes. Je regarde le visage buriné des paysans venus vendre leurs produits. Ce n'est pas la profusion des marchés napolitains, tout est compté ici. On dirait que les vendeurs ne proposent que ce qu'ils ont réussi à sauver du soleil.

Je m'approche d'un vieux paysan. Je lui achète une livre de pêches et je pose à nouveau ma question. Giuliana Mascheroni ? Il me regarde avec concentration. Je sens qu'il faut que j'en dise davantage. "Je viens de la part de son mari. Il est mort à Naples… Je ramène des affaires… Vous la connaissez ?" Il fait oui de la tête. Puis, dans un dialecte épais comme les pierres, il me raconte qu'elle est partie, il y a des années de cela. Où ? A San Giovanni Rotondo, répond-il. A l'hôpital. Je demande si elle était malade. Il fait signe que oui et non puis il ajoute qu'elle est partie pour aider les infirmières. Intriguée par notre conversation, sa femme s'approche. "Elle est devenue folle !" lance-t-elle d'emblée. Folle ? Je lui demande de m'en dire davantage. Elle semble surprise que je ne sois pas au courant. Elle bafouille, parle de mutilation, de couteau, puis le vieux paysan la coupe et conclut : "La maladie des arbres. C'est ça qu'elle a attrapé." Je ne suis pas bien sûr d'avoir compris. Je lui demande de répéter. "D'un coup, comme ça, explique-t-il, les arbres se mettent à jaunir. Rongés de l'intérieur. Il n'y a rien à faire. La sève pourrit et empoisonne les feuilles. C'est pareil pour elle. D'un coup, comme ça…"

Je les remercie et m'éloigne. San Giovanni Rotondo. C'est à une trentaine de kilomètres. Je peux
y être dans une demi-heure si je pars maintenant.
En montant dans ma voiture, je réalise que je
n'ai même pas demandé à cet homme qui il était
pour elle. Peut-être ai-je parlé à un de ses cou-
sins, ou à un ami d'enfance ? Quelqu'un qui la
connaissait infiniment mieux que moi. Mais je n'ai
rien demandé. J'ai laissé derrière moi Cagnano
et ses immeubles vides et j'ai démarré en trombe.

XXII

L'HÔPITAL DE LA SOUFFRANCE

(août 2002)

Je suis devant la haute façade de l'hôpital de San Giovanni Rotondo. Comme tout est laid ici. Le bâtiment a l'austérité et la tristesse des prisons. Au-dessus de la porte principale trône une inscription imposante qui surplombe de toute son écrasante vérité le passant : *Hôpital du soulagement de la souffrance*. Je sais que tout cela est faux. Ce n'est pas cela qu'il faut lire. Il n'y a aucun soulagement en ces lieux. Hôpital de la souffrance. C'est cela que je vois écrit au-dessus de la porte. Hôpital de la souffrance, comme pour avertir que l'on meurt ici plus que l'on ne guérit et qu'on ne le fait pas sans traverser une longue succession de peines, de fièvres et de suffocations. Ma mère est là, derrière ces murs. Je ne sais pas dans quel état. J'ai été jusqu'au bout du monde et je l'ai trouvée. *Hôpital de la souffrance*. Je sais d'emblée que je vais haïr cet endroit comme je hais déjà la ville entière et ses pèlerins. Partout, sur toutes les voitures, dans tous les commerces, dans le portefeuille de chaque habitant trône le visage barbu de celui dont ils ont fait un saint. C'est la ville de Padre Pio, le prêtre thaumaturge qui soignait les malades et cachait ses stigmates sous des mitaines de laine. Ils viennent ici de toute la région, de tout le pays même, espérant qu'il restera un peu de son parfum et de ses pouvoirs

255

accrochés aux murs. Mais rien. *Hôpital de la souf-france*. C'est comme un avertissement. Au-delà de cette porte, ce sont les diarrhées et la détresse des cancéreux. Ce sont les nuits sans sommeil et les sanglots de ceux qui savent que rien ne les sau-vera. Au-delà de cette porte, ce sont les prières inutiles des familles qui égrènent leur rosaire jus-qu'à s'en faire saigner les doigts tandis que les ago-nisants cherchent, avec de grands yeux d'oiseau, un peu d'air, encore, pour ne pas mourir trop vite. Au-delà de cette porte, ce sont les quintes de toux, les fièvres fulgurantes et les opérations qui n'en finissent pas, laissant, autour des tables de chi-rurgie, des litres de sang fatigué. *Hôpital de la souffrance*. Et ils prient tous pour qu'elle les épargne.

Je regarde la façade avec un œil mauvais. Si ce n'était pas pour ma mère, je n'entrerais pas. Je cracherais à terre et retournerais d'où je viens. Mais elle est là. Je sais qu'elle est là. Elle ne peut pas être morte. Je dois finir le voyage. Alors, je respire profondément et je me fais violence. Je ne crache pas par terre. Je ne remonte pas dans la voiture en maudissant la laideur de la ville. Je baisse la tête et je gravis l'escalier monumental de l'hôpital, passant, comme tant d'autres hommes avant moi, sous l'inscription menaçante *Hôpital du soulagement de la souffrance*. Je suis comme les autres au fond, espérant déposer en ce lieu mes douleurs et connaître un peu de réconfort. Je viens avec mes plaies et je demande le soulage-ment. Je suis comme eux. Je voudrais connaître le sourire étonné de celui que l'on vient de sauver et qui ne peut pas croire encore tout à fait qu'il fait partie désormais des miraculés.

XXIII

LE COULOIR QUI NOUS SÉPARE
(août 2002)

"Quel lien de parenté avec la patiente ?"

La femme en face de moi – une cinquantaine d'années, le visage sec – pose une main sur son bureau en relevant la tête et joue du bout des doigts avec son stylo.

"Son neveu", dis-je.

Pourquoi ne pas dire qui je suis ? Je ne sais pas. C'est comme s'il fallait que j'approche Giuliana progressivement, avec précaution. A moins que ce ne soit parce que je veux garder la primeur de la nouvelle pour ma mère, que personne, avant elle, ne sache qui je suis.

L'infirmière en chef n'a pas tiqué. Elle a écrit quelque chose sur son dossier, puis s'est mise à parler. D'abord, je n'ai pas écouté. J'ai contemplé le petit bureau poussiéreux, l'exiguïté des lieux, la tristesse de la décoration. Sa voix monotone faisait perdre aux mots leur saveur. Ce qu'elle disait était ennuyeux comme un discours protocolaire. Les mots tombaient de ses lèvres avec mollesse. Elle parla de traitement. Elle parla d'illusions qu'il ne fallait pas se faire. Elle dit qu'il s'agissait plus de retarder l'avancée de la dégradation que de soigner véritablement, car – et cela elle le répéta deux fois – le mal n'était pas curable. Puis elle prononça les mots de *démence sénile* et marqua une pause. "Lorsqu'elle est venue ici, dit-elle, c'était pour nous aider. Elle a travaillé plus de quinze ans comme aide-soignante. Puis le mal l'a dévorée." J'ai relevé la tête.

"Vous avez une idée de l'état dans lequel vous allez la trouver ?" me demande-t-elle, soucieuse de vérifier que je comprends bien la situation. Sa voix s'est faite plus forte et pénétrante. Ses yeux se sont posés sur moi. Je ne bouge pas. Elle interprète ce silence comme une réponse négative et entreprend alors de décrire l'état exact de sa patiente : Giuliana, ma mère, a commencé à perdre la tête il y a plusieurs années. La dégradation a été étrangement rapide. La mémoire immédiate a été la première à être touchée. Certains souvenirs très anciens conservent toute leur clarté, mais elle a de plus en plus de mal à se souvenir de ce qu'elle a mangé deux heures plus tôt – et même si elle a mangé ou pas.

L'infirmière continue à dresser le portrait de ma mère, ravagée par cette démence précoce, comme une gale de l'esprit. Depuis quelques semaines, elle ne mémorise plus aucun visage – même celui des aides-soignantes qu'elle voit pourtant dix fois par jour. Chaque fois que l'une d'entre elles pénètre dans la chambre, elle lui demande son nom, comme à une nouvelle. Elle est incontinente et hurle souvent, seule dans sa chambre ou en plein milieu d'un repas. Des cauchemars la hantent. Des visions de terreur la harcèlent. C'est un cas étrange – ajoute l'infirmière – car la patiente n'est pas vieille. Elle n'a pas encore soixante ans mais elle est dans l'état d'une femme de quatre-vingt-dix ans. Puis elle conclut, toujours en me regardant de ses petits yeux sévères :

"Je tiens à vous dire tout cela pour que vous vous prépariez. C'est dur. Je ne sais pas comment vous aviez quitté votre tante mais ce qui est certain, c'est que la personne que vous allez voir n'a plus rien à voir avec celle que vous connaissiez."

Je ne réponds pas. Faut-il lui raconter que le jour où j'ai quitté Giuliana qui n'est pas ma tante mais ma mère si longtemps oubliée, c'est le jour où je suis mort, assassiné dans les rues de Naples, il y a vingt et un ans ? Faut-il lui dire que si elle est folle aujourd'hui, c'est de cette douleur-là, née ce jour, qui n'a pas cessé de croître en elle jusqu'à prendre toute la place et tout dévaster avec rage, jusqu'à ce qu'elle haïsse mon père qui ne faisait rien, jusqu'à ce qu'elle haïsse sa vie qui n'était pleine que du vide que je laissais, jusqu'à ce qu'elle se dise que le mieux – ou plutôt la seule chose véritablement possible – était de revenir dans son village de misère, Cagnano, et de s'y enterrer ?

Elle ne pouvait pas se douter que la mort allait jouer avec elle et que, cruelle, elle commencerait par lui manger le crâne lentement, sadiquement, faisant d'elle une poupée démente. Elle ne pouvait pas se douter que sa vie finirait ainsi, dans les couloirs sales du département de gériatrie de San Giovanni Rotondo où les patients marchent avec lenteur, courbés de solitude, et parlent aux murs, à voix basse et l'œil craintif. Mais peut-être, au fond, s'en moque-t-elle. J'en suis presque certain. Ça ou autre chose, elle n'a pas de préférence. Elle est morte bien avant tout cela.

"Vous savez, dit l'infirmière qui a repris la parole pour bien s'assurer que j'ai compris la réalité de la situation, il y a très peu de chances pour qu'elle vous reconnaisse."

Je souris.

"Oui, je sais", dis-je.

Il y a très peu de chances, en effet. Comment reconnaîtrait-elle le fils de six ans qu'elle a quitté un matin de juin 1980, sur le pas de la porte, après l'avoir habillé et confié à son père pour la journée ? Se souviendra-t-elle du dernier baiser qu'elle m'a donné sur le front, après m'avoir passé le peigne dans les cheveux ? Je me souviens de Giuliana, moi. La mère souriante dont les yeux s'excusaient d'avoir à partir si tôt. La mère qui se jurait intérieurement de profiter de son fils le soir même, lorsqu'elle rentrerait, pour rattraper ce temps volé – et qui ne pouvait pas se douter qu'elle allait recevoir un coup de téléphone qui lui troue-rait la vie à jamais, qu'elle allait courir, la poitrine haletante et les lèvres blanches, puis pleurer, sans fin. La mère que je n'ai pas vue depuis vingt-deux ans. Giuliana qui a capitulé, décidant probable-ment que le monde ne valait rien et qu'il ne servait plus à rien de se souvenir des visages et des noms. Giuliana qui balaie tout, chaque minute, dans son esprit, pour que plus rien, jamais, ne s'inscrive puisque la seule chose qui lui importait vraiment – son fils – a été effacée. Giuliana qui vit dans un chaos de cauchemars et de cris, épouvantée et solitaire. Je sais. Giuliana. Je me lève. Je remercie l'infirmière et lui tends la main pour qu'elle ne se sente pas obligée de me raccompagner. Elle me donne le numéro de la chambre. 507. Giuliana. Il est temps.

XXIV

MON PÈRE AVEC MOI
(août 2002)

Je marche le long du couloir de l'aile ouest. Une voix se fait entendre, qui grésille dans les haut-parleurs disposés dans l'ensemble du bâtiment, une voix qui invite à la prière. Dans tout l'hôpital, les hommes et les femmes qui en ont encore la force récitent à voix basse, les yeux mi-clos, un Ave Maria pour que la peine des agonisants soit plus légère. Je ne m'arrête pas. Je ne récite rien, je continue de marcher.

Chambre 507. Je m'arrête. Je suis arrivé. Je suis là, ma mère. Dans quelques instants, je vais pousser la porte et je te verrai. J'essaie d'imaginer. Lorsque j'entrerai, tu me tourneras le dos. Je serai sûrement surpris par l'exiguïté des lieux : une petite chambre carrée dans laquelle presque toute la place est prise par le lit. Au fond, il y aura une fenêtre qui donne sur quelques arbres. Elles sont toutes faites pareil. C'est là que tu te tiendras, habillée d'une robe de chambre que tu n'auras pas ceinte à la taille et qui tombera sans forme sur tes hanches. Je resterai un temps silencieux, puis, pour que tu te retournes, je dirai, tout bas, "Giuliana". Tu te retourneras doucement. Je verrai à ce moment-là que tu étais en train de parler toute seule. Depuis combien de temps parlais-tu ainsi, devant la fenêtre, et à qui ? Tu chercheras à qui je te fais penser. Tu chercheras d'où je viens et à quel pan de ton histoire passée j'appartiens. Je dirai alors peut-être : "Je suis ton fils" d'une voix faible, presque chevrotante, comme si je m'excusais. "Je suis ton fils" et je n'oserai plus avancer. Tes sourcils se fronceront. Tu feras une sorte de moue dubitative. Tu chercheras. Te souviendras-tu de ton enfant ? De Pippo que tu n'as plus jamais revu et que tu as banni de ta mémoire ?

Je suis adossé au mur. La porte est à ma droite. Je reprends mon souffle, puis, lentement, avec précaution, je mets la main sur la poignée.

Je suis mort, Giuliana, ma mère, je suis mort et je reviens. Mon père est là que je porte en moi. Il est temps que tu saches qu'il est allé me chercher, qu'il a fait ce que tu l'avais supplié de faire. Je lui ressemble, n'est-ce pas ? Dans les traits et la forme du visage. C'est cela, peut-être, qui te troublera le plus. Tu te demanderas si ce n'est pas Matteo qui est devant toi, mais un Matteo qui n'aurait pas vieilli. Tout se mélangera en toi, ma mère, c'est normal. Je viens pour que tu embrasses Matteo en pensée et qu'il sente, là où il est, que tu l'aimes à nouveau. Ce qu'il a fait, nul ne l'aurait fait. Je suis le fils revenu des Enfers. Tu me regarderas. Ma mère. Tes yeux ne pourront plus me quitter et tu souriras tout à coup. Tu souriras d'un sourire vieux de mille ans mais qui aura la lumière du premier jour du monde.

Je prends une dernière respiration, comme avant la plongée. J'ouvre la porte. La lumière blanche me saute aux yeux.

Nous sommes trois, à nouveau. J'entre avec mon père dans la chambre de ta démence, ma mère. Il tremble comme moi, lui qui n'a jamais failli. Il a peur. Il attend ton regard aimant depuis si longtemps. J'ouvre la porte. Le temps d'un instant, Giuliana, la mort n'existe plus. Nous sommes trois, vivants. La lumière, dans cette chambre de misère, pour quelques secondes, a la blancheur des jours réconciliés. Je suis devant toi et je n'ose plus avancer. Je te regarde. Je dis : "Je suis ton fils." M'entends-tu ? Me comprends-tu malgré ta démence ? Tu me regardes. Longuement. Etrangement. Je ne bouge plus. Mon père aussi est suspendu. Nous sommes là. Tous les trois. Le temps semble long. Puis, avec la grâce et la lenteur des jours heureux, tu ouvres les bras.

J'ai écrit ce livre pour mes morts. Les hommes et les femmes dont la fréquentation a fait de moi ce que je suis. Ceux qui, quel que soit le degré d'intimité que nous avions, m'ont transmis un peu d'eux-mêmes. Certains étaient de ma famille, d'autres, des personnes que j'ai eu la chance de croiser. A eux tous, ils constituent la longue chaîne de ceux qui, en disparaissant, ont emmené un peu de moi avec eux. Qu'il me soit ici permis de dire leur nom : Mathias Cousin, Jean-Yves Dubois, Simone Gaudé, Serge Gaudé, Lino Fusco, Hubert Gignoux. Puisse ce livre les distraire. Ce qui est écrit ici est vivant là-bas.

TABLE

BABEL

Extrait du catalogue

Ouvrage réalisé par l'atelier graphique Actes Sud. Reproduit et achevé
d'imprimer en août 2020 par Normandie Roto Impression s.a.s., 61250
Lonrai pour le compte des éditions Actes Sud, Le Méjan, Place Nina-
Berberova, 13200 Arles.
Dépôt légal 2ᵉ édition : août 2013.
N° d'impression : 2003129
(Imprimé en France)